ISAAC CASTRO

APENAS UM DIA NA VIDA DE DOIS HOMENS MAUS

KOTTER
EDITORIAL

Coordenação Editorial: Sálvio Nienkötter
Editor-Executivo: Daniel Osiecki
Editor-adjunto: Claudecir de Oliveira Rocha, João Lucas Dusi
Capa: Jussara Salazar
Design editorial: Carlos Garcia Fernandes
Produção: Cristiane Nienkötter
Revisão e preparação de originais: Daniel Osiecki

Dados Internacionais de Catalogação na Publicação (CIP)
Angelica Ilacqua CRB-8/7057

Castro, Isaac
Apenas um dia na vida de dois homens maus / Isaac Castro. -- Curitiba: Kotter Editorial, 2023.
128 p.

ISBN 978-65-5361-165-8

1. Ficção brasileira I. Título

CDD B869.3

23-0623

Kotter Editorial Ltda.
Rua das Cerejeiras, 194
CEP: 82700-510 - Curitiba - PR
Tel. + 55(41) 3585-5161
www.kotter.com.br | contato@kotter.com.br

Feito o depósito legal
1ª Edição
2023

ISAAC CASTRO

APENAS UM DIA NA VIDA DE DOIS HOMENS MAUS

Para Isadora, Ivonísia e Mariá.

Lembro muito bem dos dois caminhando no pior mês e dia do ano. Havia um que era baixo e pequeno, com braços e pernas curtas que faziam com que seus passos também fossem curtos, e todo o seu andar me fizesse lembrar uma criança muito firme e forte.

O outro era alto, muito alto e também forte, quase dois metros de altura. Parecia um daqueles homens gigantes que trabalham em circo a vida toda e fazem de tudo lá dentro.

O mais baixo devia ter 66 anos. Tinha além da baixa estatura, cabelos brancos ondulados, o rosto sempre vermelho, um nariz de batata e olhos azuis pequenos que pareciam duas estrelas brilhando ao longo da noite. Também possuía um sorriso bonito, muito bonito.

O mais alto devia ter 72 anos. Além da alta estatura, uma calvície total e a falta de pelos por todo o rosto, apesar de que na mão era abundante a quantidade de pelos. Também possuía um nariz largo e lábios grossos, além de tristes olhos verdes, como se tivesse acabado de chorar por um amor perdido.

Enfim, eram homens bonitos. Bonitos e atraentes.

Não sei se algum dos leitores já conseguiu ver esses dois homens, mas eu lembro muito bem do dia em que fui seduzida por um deles e quase fui morta com golpes de faca nos fundos de um bar. Não vou dizer quem me seduziu ou quem tentou me matar. Depois de um ano e na mesma data, dia e hora, rodei por toda a cidade atrás deles até encontrar um corpo boiando no rio que todos vocês conhecem. Pensei que fosse de uma mulher, mas era de um homem. Não encontrei nenhum dos dois.

Fiquei intrigada com aquilo e resolvi pesquisar a mesma data nos jornais de pelo menos dez anos atrás, e achei o que previa: ao longo daqueles dez anos, dez estrangeiros de várias nacionalidades foram mortos a facadas entre a meia noite e às três da manhã do dia 23 de abril. Cerca de cinco homens e cinco mulheres com idades variadas.

Não sei se vocês olharam o calendário, mas hoje é 23 de abril e dois homens podem estar caminhando diretamente até vocês agora mesmo. Mas caso não sejam estrangeiros, não precisam se preocupar; pela minha pesquisa eles matam somente estrangeiros.

Mas caso sejam estrangeiros e queiram, por um motivo que não interessa a ninguém, ver a luz da morte, saiam de casa para contemplar as trevas perfeitas desse país no seu estado mais puro e genuíno que é refletida naqueles dois homens.

Nísia Maria.
Crônicas Não Publicadas.

Sumário

A limpeza das antigas armas

O SENHOR L.

E o senhor L. acordou de um longo pesadelo antes do dia amanhecer e o despertador soar quase diante do seu rosto. Depois de várias tentativas, ele conseguiu se libertar do pesadelo que o atormentava desde o momento em que se deitou às dez horas em ponto da noite passada. Quando acordou, banhado em suor e se sentou na cama, sem conseguir tocar o chão devido à sua baixa estatura, esqueceu completamente do pesadelo pela simples observação, por entre a cortina que balançava lentamente pelo vento frio, da claridade suja e cinza do novo amanhecer que surgia pela janela. Ao ver um novo dia diante de seus olhos, o senhor L. sempre se esquecia do pesadelo que o consumia praticamente há cerca de 50 anos. Basicamente, ao ver um novo amanhecer toda vez que acordava, a sua memória se dilatava e todo o pesadelo se tornava um imenso borrão branco que sumia antes que sua mente pudesse guardar qualquer imagem precisa sobre tudo que havia surgido em seu cérebro enquanto estava inconsciente. "Um maravilhoso borrão branco", como ele definia o desaparecimento dos seus sonhos e principalmente dos seus pesadelos. E para ajudá-lo nesse momento, ainda havia o despertador que tocava por cerca de trinta segundos, balançando e pulando sobre o banquinho de madeira até cair no chão entre a cama e a parede. Assim que o despertador caía no chão e ele escutava o tênue barulho da mola que sempre se soltava bater na parede, automaticamente lembrava de todas as suas obrigações ao longo daquele dia e todas as etapas sistemáticas que teria que passar para cumpri-las.

Isso se repetia desde os seus dezesseis anos. O mesmo pesadelo, a mesma mancha branca, a mesma janela e o mesmo despertador. A única diferença era que agora, depois de se aposentar há cerca de dez anos como policial, a rotina de trabalho não existia. Havia apenas o despertar e a fuga do pesadelo que o atormentava. Mas em especial naquele dia e, somente naquele dia, como se repetia sempre há 10 anos, havia um trabalho para ser executado entre a meia noite e às três da manhã do dia posterior àquele, exatamente 23 de abril.

Assim que a mola do despertador, ao cair, tocou a parede e zumbiu como um leve acorde no quarto frio e úmido, o senhor L. lembrou de tudo que teria que fazer para executar o seu trabalho e cada passo que teria que dar pela cidade para executá-lo, mesmo que alguns imprevistos, que sempre surgiam quase todo ano, fizessem com que nem tudo saísse da melhor forma possível conforme planejado. Mas para o senhor L. até mesmo esses imprevistos eram saborosos, porque, caso acontecesse algo de muito grave, teria a força de vontade para alcançar o fim do objetivo, não importando por quais meios ele teria que passar para chegar à perfeição do trabalho concluído.

Dessa forma, logo depois de tomar um leve café, se vestir, tomar um banho e fazer a barba, pegar o seu revólver, documentos e alguns exames médicos feitos recentemente, enquanto ele saía de casa e caminhava pelos ladrilhos cercados pelas roseiras quase mortas que ele mesmo havia plantado no verão passado, e segundos antes de chegar à calçada ainda escura e coberta pela neblina que ocultava a luz branca do sol que despontava entre os telhados dos prédios, a única coisa que ele mentalizava era que tudo seria feito e executado, que tudo seria uma grande aventura e que a batalha seria vencida de uma forma ou de outra, mesmo que ele tivesse que morrer por essa causa. “Sim, um bom trabalho”, pensou antes de atravessar a esquina da nova rua com os seus passos curtos e rápidos.

O SENHOR M.

E o senhor M. acordou como sempre acordava ao longo de toda a sua vida: sem ter nenhum sonho e nenhum pesadelo. Durante a sua infância ele sempre perguntava aos pais porque nunca havia sonhado, já que durante o colégio todos os seus colegas de sala diziam que tinham longos sonhos, fazendo com que ele ficasse envergonhado quando eles perguntavam com o que ele havia sonhado na noite anterior e, simplesmente, para contornar a situação, ele acabava sempre reproduzindo trechos escolhidos ao acaso de todos os sonhos dos amigos escutados ao longo daquela manhã, formando uma imensa colcha de retalhos onírica que acabava sendo um sonho mais impressionante que qualquer outro de seus colegas.

Os pais, diante daquela pergunta, sempre riam e diziam que isso era um bem herdado de ambas as famílias, que nenhum parente, tanto por parte da mãe ou por parte do pai, como uma bênção os tocasse toda vez que fossem deitar para dormir à noite, conseguiam sonhar ou ter pesadelos. Eles apenas dormiam e acordavam no outro dia sem esse mal que acomete a maioria das pessoas.

Por volta da adolescência ele parou de questionar os pais sobre qualquer coisa, como uma forma de não incomodá-los e demonstrar respeito. E como todos os seus amigos na adolescência estavam conquistando os seus sonhos que haviam sonhado durante a infância, não havia mais conversa alguma sobre esse assunto durante os intervalos das aulas ou no pátio recoberto pelas folhas do inverno ou enquanto matavam as aulas em um parque próximo depois de pular o muro. E caso houvesse qualquer vislumbre por parte de um deles sobre o assunto, o senhor M. se afastava em silêncio, aliviado e feliz por não ter que mentir ou roubar os sonhos dos outros.

Pois, naquela manhã de 22 de abril em que o senhor M. acordou cedo como sempre fazia, ele apenas se levantou da cama, tomou o seu café e caminhou até os fundos da sua casa onde todas suas relíquias estavam guardadas. Em um pequeno barraco de madeira posicionado no vértice do muro que divida o seu terreno do terreno vizinho, onde havia como móveis apenas uma mesa e uma cadeira de tamanho reduzido e feitas por ele mesmo para que coubessem no pouco espaço, assim, é claro, como o próprio barraco, estavam as coisas que lembravam a sua origem e a origem de todos os seus ancestrais que se estendia em uma árvore genealógica por cerca de trezentos anos a partir dos seus pais.

Logo acima da mesa havia um desenho dessa árvore emoldurada na parede, além das fotos dos pais sorridentes diante de um prédio quando acabaram de se casar com apenas dezesseis anos, no mesmo dia em que os dois faziam aniversários, exatamente no dia 2 de novembro. Ao longo do resto das paredes havia reproduções retiradas de jornais e enciclopédias, fotos e imagens dos seus ancestrais que ele havia conseguido por cerca de vinte anos de pesquisa por todas as regiões do seu país. Havia duques e príncipes, havia reis e condes, havia carpinteiros e mineradores, havia soldados e generais, além, é claro, de algumas mulheres que foram duquesas e princesas, rainhas e condessas, operárias e donas de casa. Mas o seu bem mais precioso, e o único que ele levaria antes de sair do seu barraco seria a sua faca que ele havia usado para executar o seu trabalho ao longo das primeiras horas do dia 23 de abril pelos últimos dez anos consecutivos. Passou o portão de casa e começou a caminhar com seus passos de quase meio metro para a nova rua, ainda imersa na claridade morta do novo dia.

Doce manhã cinza

I.

O senhor L. está sentado em uma praça pequena, cercada de casas cinzas também pequenas que se alinham depois das árvores desfolhadas, cujos galhos balançam no vento frio que sopra devagar e empurra algumas folhas quase podres pelo chão de cimento, coberto esparsamente por algumas poças que refletem o céu quase fechado por nuvens. Pensa sobre a sua morte cada vez mais próxima ao sentir entre seus dedos o envelope onde constam os seus exames. Pensa se conseguirá executar o seu último trabalho com perfeição, pensa se conseguirá falar com o senhor M., que no próximo ano não estará ao seu lado para executar o trabalho que os dois juntos realizaram por dez anos. Chegou a pensar como seria não mais sentir o sangue dos seus inimigos em suas mãos, quando viu o Senhor M. se aproximar devagar e curvado, olhando para o céu e desviando a cabeça toda vez que a ponta de um galho quase atingia o seu rosto. Então, se levantou e esperou que o seu amigo se aproximasse com seus passos largos que desfaziam as poças no chão. Os dois se abraçaram, sorriram e voltaram a se sentar em silêncio. Um vento frio e mais forte passou sobre o rosto dos dois, empurrou as folhas novamente por toda a praça.

O senhor M. olhou rapidamente por sobre os ombros para o seu amigo que parecia menor e mais doente, apesar de que qualquer pessoa sempre parecia menor aos olhos do senhor M. devido à sua altura, assim como qualquer pessoa parecia conter uma leve doença quando ele olhava com atenção para alguém, pelo simples fato dele mesmo nunca ter ficado doente ao longo da sua vida e ter curtos resfriados somente quando tomava alguma chuva mais forte no período que antecedia ao inverno. Percebeu que nas mãos dele havia um envelope pardo que ele nunca havia visto em qualquer época anterior. O senhor L. nunca levara nada para o dia de trabalho que os dois executavam juntos. Nada além de seu velho casaco de policial com as insígnias retiradas, o seu revólver, que era completamente visível devido à protuberância na altura da cintura, uma pequena carteira de couro onde estavam os seus documentos e algum dinheiro para gastos ao longo daquele dia.

– Que envelope é esse na sua mão?

O senhor L. se assustou com a pergunta do senhor M. e acabou recuando o envelope sobre a sua perna e deslizando para próximo da sua barriga. Não esperava que ele notasse ou que fizesse aquela pergunta, porque no momento em que ele perguntou e nos poucos minutos que passaram sentados no banco em silêncio, ele se lembrava do primeiro morto que havia visto na vida quando tinha somente seis anos de idade. Caminhava para o colégio por um beco entre duas casas formadas por tijolos escuros. Desviava da água da chuva que dera logo pela manhã e escorria pelas bordas do caminho estreito. Por alguns instantes sempre erguia o rosto na esperança de ver o fim do beco que parecia sempre se alongar cada vez mais, ao invés da distância diminuir, cercado pela névoa que naquela época do ano escondia o sol completamente por todo o dia e especialmente naquela manhã pairava no ar quase compacto, como se fosse possível pegá-lo e engarrafá-lo. No final do beco havia as partes dos fundos das duas casas e o fim das duas paredes que formavam o beco, onde as névoas flutuavam de um muro para o outro, avançando pelo pequeno espaço vazio que havia entre elas. Como era impossível ver qualquer coisa depois da névoa e o final nunca parecia chegar, mesmo que ele caminhasse cada vez mais rápido, acabou se sentindo sufocado e prensado pelas paredes como se elas estivessem se movendo lentamente e de forma imperceptível para esmagá-lo antes que conseguisse atravessar todo o beco.

Lembrou do cheiro recente de urina que saía do chão e o musgo que se desprendia de cada tijolo em que colocava os dedos no momento em que se apoiava nas duas paredes para pular as poças, onde folhas podres e cinzas rodopiavam na sua superfície devido ao fluxo da água que descia pelo caminho. Continuou caminhando e depois de apenas alguns segundos que pareceram horas na sua percepção, ele alcançou o fim do beco e penetrou na névoa compacta onde o ar era mais frio e o chão coberto de pedrinhas lhe fez lembrar a praia que havia visto em uma fotografia no colégio, a praia em que nunca estivera e onde jamais estaria em momento algum da vida, porque nunca veria o oceano e muito menos teria qualquer praia diante de si.

Avançou sem enxergar nada por dentro da névoa e sem se importar para que direção seguia, já que na sua imaginação havia somente a fotografia que lhe fora passada pelo colega: a praia em preto e branco, a areia formada por pedras redondas e compactas, uma onda fraca formando espumas ralas sobre uma margem escura e imprecisa de areia com pedras mais sedimentadas. A praia toda estava sob um céu escuro, onde nuvens negras anulavam completamente o sol e pareciam cair sobre a linha do horizonte como imensos blocos de concreto.

Continuou andando a esmo e sem se importar para que direção seus passos o levavam naquele terreno que parecia vasto como uma imensa praia cercada de sol, a praia que ele sempre iria imaginar mas que jamais veria devido à falta de tempo dos pais durante sua infância e o aprisionamento que o trabalho lhe causou quando se tornou adulto. A partir daquela idade, apenas seis anos, e durante toda sua vida, ele iria continuar imaginando aquela praia perfeita sem jamais ver qualquer praia além daquelas estampadas em anúncios de turismo, propagandas de jornal, cenas de cinema e em outras fotografias que mostravam outras praias que não aquela que vira com seis anos.

Mas o que de fato lhe fez lembrar tudo isso não foi o céu ou as poças da praça, e nem as folhas levadas pelo vento ou qualquer sinal de alguma névoa que estivesse cruzando as casas ao redor da praça minutos antes do senhor M. lhe perguntar o que era aquele envelope, mas sim a aparição de um garoto com aproximadamente sete anos de idade, e que cruzava a praça com uma mochila nas costas. E aquele garoto lembrava o garoto que lhe fez retornar para a fria realidade que lhe cercava e sempre o cercaria ao longo da sua vida, o garoto que anulou a sua imaginação e destruiu a praia e todas as sensações de fuga que sentia ao caminhar por entre as pedras quando tinha cinco anos depois de ter passado pelo beco na direção do colégio. Ao dar um passo no vazio, já que não conseguia nem mesmo enxergar o chão, ele tropeçou em algo e caiu. Assim que caiu imaginou que era um tronco banhado pela água do mar, um tronco podre que estava na mesma praia da fotografia e apenas não foi capturado pelo fotógrafo devido ao limite da câmera. Levantou do chão e sentiu grãos de areia úmidos por entre dedos e logo também imaginou que aquela areia possivelmente pertencia à praia, a areia mais escura que era banhada pela água do mar. Bateu as mãos com força e depois limpou a calça e a blusa. Ajeitou a mochila nas costas e deu dois passos, parando diante da massa escura que o havia derrubado, praticamente escondida devido à névoa que se mantinha forte.

Pensou em se agachar e constatar que aquilo de fato era um tronco, que ao se agachar e estender o braço sentiria a casca enrugada e porosa de um tronco podre coberto por uma fina camada de sal. Mas no mesmo instante em que pensava e imaginava a textura do tronco, um vento forte e frio começou a soprar e em menos de cinco segundos a névoa saiu do chão e revelou um garoto morto de mais ou menos sete ou oito anos, com o rosto esmagado por uma pedra branca que era maior que a sua cabeça e estava emborcada ao lado do seu ombro esquerdo. Mesmo sem nunca ter visto alguém morto na vida, o senhor L. permaneceu parado, observando cada centímetro do corpo do garoto sem sentir nada, sem sentir qualquer tipo de medo, nem mesmo a sua respiração oscilou ou parou por alguns segundos de possível apreensão diante de algo que nunca acontecera na sua vida e que para qualquer outra pessoa seria motivo para um susto, um pulo, um desmaio ou uma intensa palpitação.

O senhor L. apenas lamentou enquanto observava as mãos fechadas do garoto cheias de areia e com as unhas cheias de terra, como se o garoto tivesse tentado fugir ou se manter no local em que estava antes de ser arrastado pelas pessoas que esmagaram o seu rosto, de modo que, ao ver aquele corpo, a imagem da praia sumiu completamente, se desfez como se nunca tivesse existido, e todo o local que lhe cercava se tornou apenas um terreno deserto cheio de pedras e areia, ao invés da praia com um céu cercado de nuvens negras e ondas frágeis presentes na fotografia. Ainda ficou por alguns segundos contemplando o corpo para depois seguir pelo caminho estreito coberto por árvores baixas que sempre seguia para chegar à escola. Andou de cabeça baixa pelo resto do trajeto até chegar ao portão de ferro e ver o seu professor que entrava e empurrava dois alunos atrasados para a sala de aula. E assim que se sentou na cadeira, abriu o livro onde estava a fotografia temporariamente esquecida e voltou a imaginar a praia, esquecendo completamente do garoto para o resto da vida, assim como esqueceu completamente o próprio local onde se encontrava. Esqueceu até o momento em que aquele garoto passou cruzando a praça e toda a cena retornou para a sua memória como se estivesse escondida por todos aqueles anos sobre uma montanha de pedras, areia e névoas. O garoto, que depois de atravessar toda a praça, sumiu por entre as árvores, tinha a mesma roupa, o mesmo tamanho e a mesma altura que o garoto morto. Além do mesmo corte de cabelo e mesma cor de pele. Sentiu que os mortos pareciam retornar no exato instante em que ele também se aproximava da morte ao ler os exames que o médico lhe passara no dia anterior. Não entendia por que trouxe os exames. Não havia motivo algum para trazer os exames no seu último trabalho e, caso falasse ao senhor M. sobre os exames, poderia atrapalhar todo o trabalho que ambos tinham pela frente ao longo daquele dia. Olhou para o lado e viu o rosto do senhor M. bem próximo do seu. Cada traço do seu rosto imenso e sem nenhuma ruga, com seus olhos verdes e impassíveis olhando diretamente para a sua alma cheia de medo pela morte que se aproximava, ou seja, a sua própria morte.

– Que envelope é esse na sua mão, senhor L.?

– Não é nada... hum... apenas cartas antigas e papéis velhos. Esqueci no casaco e acabei trazendo por engano.

– Há algo de interessante nessas cartas?

– Não, não há nada de interessante. Apenas o passado. Uma porcaria sem fim. Vamos tomar um café? Nessa praça não há nada.

– Também não gosto dessa praça. Dizem que fantasmas aparecem por aqui em plena luz do dia.

– Ora essa, senhor M., não devemos temer os fantasmas. Os vivos são muito mais perigosos que os fantasmas. Principalmente os vivos de outras terras que não a minha e a sua.

– Concordo. Mas aquele garoto que passou cruzando a praça há poucos instantes não te fez lembrar alguém? Estou tentando buscar na memória o seu rosto e tenho quase certeza que o vi na minha infância. Mas não estou muito certo sobre isso.

– Aquele garoto é apenas um fantasma, meu caro. E os fantasmas não servem para nada e muito menos cruzam praças em plena luz do dia.

O senhor M. riu, erguendo o rosto e batendo com as palmas da mão sobre os joelhos, enquanto o senhor L. se aproveitou do momento e guardou o envelope na parte de dentro do seu casaco. Ficaram ainda alguns segundos parados e depois se levantaram rapidamente do banco. Lentamente, começaram a atravessar a praça em direção às árvores. Espalharam as poças com seus passos e acabaram anulando as marcas dos passos deixadas pelo garoto no cimento do passeio. Meia hora depois, as marcas dos seus sapatos também iriam sumir com a ajuda do vento.

2.

E antes que entrassem de fato na cafeteria, o senhor M. lembrou quando havia visto aquele garoto. Talvez tenha sido uma de suas memórias mais antigas, porque ficou tão surpreso com a revelação, que ficou absorto por cerca de cinco minutos diante do senhor L., enquanto bebia o café que soltava um vapor grosso e espesso no seu rosto, um vapor tão grosso e espesso como o café que saía da xícara do seu pai em uma manhã quando tinha apenas 12 anos de idade e se preparava para ir ao colégio.

Por algum motivo o seu pai não estava sentado à mesa, mas ele recorda que a xícara branca com uma rachadura que percorria a base até a borda em uma linha reta era a do seu pai. Recorda com nitidez que por vários anos sempre viu aquela xícara diante de si, mas que nunca havia visto um vapor tão espesso como naquele dia em que, por algum motivo, também não tinha o corpo curvado do pai e o seu rosto sereno ao mexer o café com uma colher de prata depois de colocar dois cubos pequenos e granulados de açúcar. Observava a linha reta e compacta que o vapor fazia ao subir direto para o teto baixo da cozinha e como ele se espalhava pelo resto das paredes até sumir. Lembra-se do aroma doce e mais intenso do que dos outros dias envolvendo o seu rosto e também se espalhando pelo resto da casa, pois ainda estava no quarto e enquanto se vestia, sentiu o cheiro de café penetrar pelo seu quarto, além do barulho de água fervendo chiando no bule segundos antes desse mesmo cheiro chegar até o seu rosto ainda sonolento, tentando enxergar com a visão embaçada onde estavam os seus sapatos.

O senhor M. lembra, no exato instante em que o senhor L. derruba a sua xícara com o braço esquerdo e ela se espatifa no chão da cafeteria, o motivo pelo qual seu pai não estava sentado à mesa diante de sua xícara de café. Enquanto ele observava o vapor sumindo no teto de sua casa quando tinha doze anos, um barulho de vidro caindo ao chão avançou pela cozinha da sua infância com a mesma intensidade como a xícara que foi derrubada por uma distração do senhor L., ao se sentar e se apoiar na borda da mesa sem notar que a xícara estava muito próxima do seu corpo.

Até hoje se lembra do som agudo e penetrante que fez com que ele perdesse a concentração ao observar o vapor subindo para o teto como uma coluna perfeita e compacta, tão compacta como a névoa que passava por dentro do buraco da porta da cozinha e começava a entrar na sua casa. Olhou para o chão e viu que os vidros que antes estavam na porta da cozinha, haviam se espalhado pelo chão e chegavam até bem próximo dos seus sapatos. Levantou e começou a pisar no vidro, andando lentamente, sentindo os pedaços maiores se quebrando como conchas de praia devido ao peso do seu corpo, que desde àquela idade era muito alto para um garoto de apenas doze anos. Sentiu a névoa fria resvalar pelo seu nariz e abriu a porta. No lado de fora, viu o seu pai um tanto oculto e cercado pela névoa ao lado da caixa de correio na calçada, e lhe perguntou, com raiva, se ele havia sido atingido pela pedra que entrou pela cozinha. Respondeu que não e perguntou quem havia arremessado a pedra. O pai, apontando para a sua esquerda ao longo da rua e ao mesmo tempo caminhando em sua direção, disse que fora um garoto andando de bicicleta, que por algum motivo que ele não sabia explicar, passou e jogou uma pedra na direção da casa.

Esperou seu pai se aproximar e terminar de dizer que fora um garoto amarelo, segundo as suas palavras. Perguntou se possivelmente ele não queria atingi-lo, ao invés de acertar a porta da cozinha e o seu pai não respondeu, começando imediatamente a varrer com raiva os vidros quebrados. Ele ficou um instante parado e pensou em repetir a pergunta, mas o seu pai ergueu o rosto com uma expressão de ódio e mandou que a partir daquele dia em diante, quando ele fosse para o colégio, tivesse cautela para não ser atingido por alguém que arremessasse uma pedra na sua cabeça enquanto tentava acertar sua sombra que se estendia pela calçada, sem que houvesse nenhuma explicação plausível para tal ato insano. "Seja atingir a sua cabeça ou atingir a sua sombra que se estende na calçada".

O senhor M. só entenderia anos depois as palavras ditas naquele dia pelo seu pai, quando começasse a perceber melhor as pessoas à sua volta. Sem compreender nada que foi dito pelo pai, ele apenas caminhou até seu quarto e pegou sua mochila. Quando retornou ele não estava mais na cozinha e o chão estava completamente limpo. Ainda gritou por ele, se virando para todas as direções da casa e repetindo seu nome, mas não obteve nenhuma resposta. Saiu de casa e trancou a porta da cozinha, tapando o buraco com o pano da pia para que algum possível ladrão não percebesse uma abertura fácil para se entrar na casa.

Enquanto caminhava, pensou que o pai possivelmente estivesse caçando o garoto que fizera aquilo, mas ao se virar para a direção da casa pela última vez, percebeu que o carro não havia se movido nem por um centímetro diante da garagem, e que ele também não poderia estar escondido dentro dele, senão veria alguma sombra ou algum movimento qualquer que o revelasse. Talvez estivesse naquele momento alertando algum dos vizinhos mais distantes. O seu pai caminhava rápido e, enquanto ele pegava sua mochila, deve ter dado tempo suficiente para que o pai saísse de casa e chegasse ao fim da rua, onde um amigo de adolescência havia se mudado recentemente.

Era um amigo muito querido mas que nunca visitava sua casa, porém o pai sempre dava um jeito de visitá-lo sempre que tinha tempo em alguma hora do dia. Um amigo muito esquivo e misterioso que o senhor M. nunca veria e que faria seu pai sofrer muito quando ele finalmente morresse em um acidente de carro e ele, o senhor M., estava prestes a fazer o seu primeiro alistamento com dezessete anos. Até hoje se lembra das lágrimas do pai derramadas por todo o seu rosto, lágrimas mais intensas e maiores do que as lágrimas que ele derramou quando sua esposa e a mãe do senhor M., morreu de pneumonia.

Assim que passou a primeira esquina, o senhor M. anulou essas questões na sua cabeça e apenas caminhou tranquilamente para o colégio, como sempre fazia. Nem estava pensando em procurar o garoto ou prestar atenção em qualquer garoto que possivelmente tivesse a mesma idade que a dele e tivesse as mesmas características que o seu pai lhe relatou. Seu pai não havia falado muito sobre o garoto, mas o pouco que falou já era o suficiente para que pudesse imaginar como ele era. Por uma estranha coincidência havia um terreno deserto e recoberto de pedras bem ao lado da calçada, entre algumas casas pequenas. Ele sempre passava por ali porque fazia parte do seu itinerário, mas nunca olhou mais do que duas ou três vezes para o terreno. E nas vezes em que olhou, não viu nada mais do que as pedras espalhadas pelo chão, alguns muros e as árvores verdes em um dia no verão. Durante o inverno, escutou o choro de alguma criança que saiu de uma das casas impossíveis de serem vistas devido às névoas que cobriam todo o terreno; mas naquele dia, quando ele se virou da forma mais displicente possível para a sua direita, viu uma mancha escura que se movia entre as névoas bem no centro do terreno. Saiu da calçada e começou a caminhar por entre as pedras lentamente, seus passos escorregando e afundando as pedras na areia fofa que havia embaixo delas, até se aproximar da mancha escura praticamente oculta pelas névoas compactas e imóveis que lhe lembravam as cortinas brancas e imaculadas do seu quarto.

A cinco passos de distância da mancha, um vento forte e frio começou a soprar e diante de si apareceu um garoto amarelo de costas para ele, colocando no lugar a corrente da bicicleta que havia se soltado. Sem pensar e nem sentir nada, o senhor M. apenas estendeu os seus dois braços imensos, deu três passos curtos e começou a apertar o pescoço fino e frágil do garoto com as mãos. A bicicleta caiu e resvalou sobre sua perna, enquanto o garoto se debatia e tentava se libertar dos dedos cada vez mais fundos no seu pescoço. As névoas voltaram a ficar imóveis e o vento parou de soprar.

Depois de bater as pernas espalhando algumas pedras para longe e babar sobre as mãos do senhor M., o garoto morreu com a cabeça pendendo para a esquerda e as mãos contorcidas na altura do seu pescoço, tentando desesperadamente se soltar. O senhor M. manteve o corpo suspenso por alguns segundos até perceber que o garoto não tinha mais nenhum movimento ou espasmo. O largou no chão. Próximo da bicicleta havia uma pedra branca e maior que todas as outras. Suspendeu sem dificuldade a pedra até alcançar o seu pescoço, deu dois passos e parou bem acima do tronco do garoto que havia ficado com a barriga para cima. Levantou a pedra até seu queixo e depois a largou. A pedra esmagou todo o rosto e afundou o crânio. Depois, devido ao peso, acabou emborcando para a esquerda até tocar o chão e ficar sobre o ombro esquerdo do garoto. O que era antes um rosto, havia se tornado uma mancha escura, recoberta de sangue e com pequenos pontos brancos ao redor dos tufos de cabelo.

O senhor M. começou a bater as mãos para se livrar da areia que estava na pedra e grudaram em seus dedos. Assim que começou a caminhar, outro vento forte e frio surgiu erguendo as névoas que estavam no chão. Olhou para trás e viu o outro lado do terreno, onde um caminho com árvores se abria à sua direita. Virando à esquerda, viu uma criança saindo de um beco e pisando lentamente nas pedras, como se sentisse o momento em que caminhava naquele terreno e estivesse maravilhado por algum motivo, sonhando em plena luz do dia. Pegou a bicicleta e a colocou sobre os ombros. Virou-se e sem fazer barulho, andou com extrema cautela para que as pedras espalhadas por seus passos não chamassem a atenção da criança e retornou para a calçada sem olhar para trás. Pedalou até à margem de um córrego sujo e cinza que cortava uma rua anterior ao seu colégio e jogou a bicicleta. Esperou que ela afundasse até sumir junto com pedaços plásticos em um túnel que levava à galeria de esgotos. Sabia que nunca mais encontrariam a bicicleta. Pessoas já haviam caído em um desses córregos que cortam a cidade em vários bairros e nunca mais foram encontradas. Pensou em retornar para pegar o corpo do garoto e jogá-lo com a bicicleta, mas talvez alguém já o tivesse encontrado, além da criança, e tivesse chamado a polícia. Olhou para os lados e para as janelas de várias casas que havia ao redor para ver se alguém o vigiava. Não viu ninguém. Todas as janelas estavam cerradas por cortinas brancas e imaculadas iguais à que havia na sua casa, e todos que estavam ocultos pelas cortinas se tornaram cúmplices do seu ato de uma forma ou de outra, pensou enquanto terminava de beber o café e observava a borra que havia ficado no fundo da xícara.

Não recordou exatamente o que sentiu, apenas um leve dever de algo cumprido, uma vingança sem esforço pelo pai ofendido e humilhado, um trabalho rápido e fácil, mas não tinha certeza se sentiu exatamente isso quando colocou a xícara sobre o pires e esperou que o senhor L. terminasse a sua. Ele observava o vapor denso que saía da sua xícara e subia até o teto, resvalando pelo seu rosto doente que parecia mais triste e melancólico do que em qualquer dia desses anos todos que eles se conheciam.

– Acabei de me lembrar de onde eu havia visto aquele garoto, senhor L. E de fato, aquele garoto era um fantasma.

O senhor L. olhou assustado para ele por alguns segundos, mas depois sorriu.

– Então aquele garoto era de fato um fantasma, não?

– Sim, claro, como a maioria das pessoas dessa cidade onde nós dois nascemos, vivemos e pretendemos morrer.

– Ora essa, então eu e você também somos fantasmas?

– Possivelmente, sim. Bom, caso ainda não sejamos, um dia seremos fantasmas de fato e direito. Atravessaremos praças e assombraremos pessoas como eu e você, que acreditam que as pessoas desse país nunca morrem de fato, mas somente fisicamente.

O senhor L. riu e coçou o nariz.

– Somente o senhor para me alegrar no meu presente estado, senhor M., somente o senhor.

– E qual é o seu presente estado, senhor L.?

O senhor L. terminou sua xícara e a depositou sobre o pires. Não olhou a borra que havia ficado sobre o fundo, como havia feito o senhor

M., mas se virou e ficou olhando para a janela que deixava a claridade apagada penetrar. Claridade essa que, mesmo assim, fazia seus olhos azuis brilharem e faiscarem em busca da resposta certa para o senhor M., enquanto observava as antenas de televisão nos tetos dos prédios baixos e marrons, cercados pelo céu cada vez mais fechado. Acabou dizendo sem virar o rosto:

– O meu presente estado é igual ao dos meus conterrâneos, meu amigo. Um lento, prolongado e oculto desespero. Hoje é apenas um dia ruim. Mas não se preocupe, amanhã estarei melhor.

– Claro, meu amigo, claro. Amanhã será o dia do nosso país. O dia mais glorioso de todo o ano. Mas, me diga, por que está desesperado?

O senhor L. não quis responder ou então não escutou a pergunta. Apenas pegou algumas moedas e colocou sobre a mesa sem olhar para o senhor M., que ao ver o movimento dele, também colocou algumas moedas sobre a mesa. Ambos se levantaram em silêncio, atravessaram rápido o corredor da cafeteria e começaram a andar contra o vento frio que soprava pela calçada assim que deram os primeiros passos.

3.

E logo depois da primeira esquina, ao ver um policial gordo e flácido que caminhava distraído pelo outro lado da rua, enquanto observava o trânsito e ao mesmo tempo olhava para o céu cada vez mais coberto por nuvens escuras, o senhor L. lembrou do dia em que seu pai lhe disse que havia escolhido a sua profissão. Ele tinha apenas dezessete anos. Estava no último ano do período escolar e desejava que assim que o terminasse, pudesse tentar uma vaga na marinha mercante e conseguir uma carreira para o resto da vida, viajando pelo mundo e conhecendo outros países.

Era uma manhã cinza e com um prenúncio de chuva forte que parecia não querer desabar sobre a cidade, como na manhã em que ele caminha ao lado do senhor M., a sua última manhã antes do fim, era igual à primeira manhã onde sua vida tomou de fato um rumo diferente, um rumo que ele não escolheu, assim como o seu avô havia escolhido um rumo e imposto ao filho a sua profissão que, respectivamente, o seu pai também iria impor a ele pela ordem natural da família. Seu bisavô também havia imposto ao seu avô o mesmo destino, assim como o seu tataravô também fez o mesmo com o seu bisavô. "Será policial", falou o seu pai naquele primeiro dia escuro da sua última semana escolar, sem nem ao menos olhar o seu rosto e perguntar o que ele achava do seu destino imposto.

Não sabia como seu pai havia descoberto o seu desejo para entrar na marinha. Durante muito tempo pensou que ele havia lido sua mente naquela manhã. Descobriu somente anos depois que havia deixado pistas por toda a casa sobre seu real desejo, sem notar que deixava tais pistas da forma mais estúpida possível.

Por todas as paredes do seu quarto havia garrafas com barcos em miniaturas, barcos que levava meses para montar com meticulosidade desde os treze anos. Havia revistas marítimas sobre a mesa do seu quarto e pela casa havia espalhado cordas com os vários tipos de nós usados pela marinha, em uma compulsão tão ampla que acabou esquecendo que um dia o seu pai perceberia da forma mais fácil possível. O que ele não consegue entender é porque o pai permitiu que ele continuasse sonhando, sendo que sempre teve em mente impor no momento certo a sua vontade da forma mais dura possível. Uma espécie de sadismo? Uma espécie de sadismo contra aquele que era o seu semelhante, o seu sangue, a sua continuação? Perguntou-se o senhor L. enquanto observava o policial dando informações para uma senhora.

Assim que seu pai definiu seu destino, o senhor L. simplesmente assentiu com a cabeça e ficou olhando para o chão da sala. Sabia que não adiantaria protestar ou tentar alguma argumentação. A única possibilidade que havia era fugir de casa, entrar em um navio e nunca mais ver o rosto do pai, porque depois dessa fuga não havia retorno algum, apenas a continuação da fuga. Seu pai jamais o perdoaria; nem mesmo depois de sua morte, caso ele ainda estivesse vivo, ele o enterraria. O esqueceria como um pária, como um lixo, como alguém que não tinha o seu sangue e jamais o conheceu. Possivelmente não o odiaria, mas também jamais voltaria a amá-lo como ele de fato amava o senhor L., apesar de toda a truculência de suas ações, apesar de todos os silêncios que duravam dias e apesar de toda a rigidez, ele amava o filho, assim como o senhor L. o amava profundamente. Havia formado seu caráter, havia formado o ser que ele jamais abandonaria, havia lhe formado uma personalidade sólida, compacta, perfeita para enfrentar qualquer desafio que surgisse diante de si ao longo da sua vida. Como poderia abandonar meu pai? Como poderia fugir de tudo o que ele havia feito para mim por tantos anos? Como poderia pagar tamanha dívida? Perguntou-se o senhor L. enquanto atravessava a faixa de pedestres e olhava para o rosto do policial que se parecia muito com o seu rosto quando tinha apenas dezoito anos e era incorporado à polícia depois de seis meses de treinamento árduo, onde aprendeu as coisas mais valiosas de sua vida; depois, é claro, dos ensinamentos dados por seu pai.

Quando chegou bem próximo do final da faixa de pedestres, depois de atravessar toda a rua em um estranho silêncio como se o tempo tivesse parado e os carros imóveis aguardando o semáforo abrir não existissem, além das pessoas que atravessavam a rua e o próprio senhor M., por alguns segundos, ter também sumido das suas vistas, mesmo que estivesse ao seu lado o tempo todo, o senhor L. lembrou da sua primeira noite como policial noturno ao ver o queixo cheio de espinhas que ornava o rosto do policial; além dos seus olhos, o semblante e uma eterna paz de espírito que transparecia por cada centímetro do seu rosto. Lembra como estava em paz no seu uniforme logo na primeira noite, como se o seu corpo estivesse à espera daquela roupa cheia de adornos prateados por toda a sua vida.

Mesmo que a noite estivesse fria e uma chuva constante desabasse sobre seu corpo, ele estava completamente em paz em seu posto, imóvel, observando as ruas que se abriam diante de si enquanto o vento parecia empurrar todos os transeuntes que tentavam retornar para suas casas pelas direções contrárias que eles desejavam seguir, fazendo com que guarda-chuvas saíssem de suas mãos e voassem pelas ruas, sendo depois destruídos pelas rodas dos carros que erguiam as poças recém-formadas em poucos segundos de chuva. Não havia nada para fazer a não ser observar as ruas e manter a paz e tranquilidade até que às seis e meia da manhã ele terminasse o seu turno. Doze horas de imobilidade, doze de disciplina e observação para o bem de todos que lhe cercavam, para o bem do seu povo que ele, agora mais do que nunca, fazia parte, uma engrenagem perfeita onde ele cumpria sua função na sociedade da melhor forma possível, assim como os seus ancestrais por parte de pai haviam cumprido. Uma linha contínua onde ele se encaixava com imenso prazer logo na primeira noite, mesmo que a natureza estivesse contra ele e o testasse por algum motivo que ele não sabia explicar.

Depois de seis horas ininterruptas a chuva finalmente acabara e o resto de água que escorria pelas sarjetas brilhavam quando passavam embaixo das luzes amareladas dos postes. Um vapor tênue subia acima dos aquecedores presente nas lojas e nas casas, formando o único barulho constante pela noite. Os olhos dos gatos negros brilhavam no meio da escuridão quando se viravam para ele e passavam correndo entre um prédio e outro. Uma coruja cantava distante e sobrevoava os prédios. Os pingos caíam em silêncio das canaletas e formavam poças escuras que refletiam o céu estrelado e a lua minguante. Depois das janelas cerradas por cortinas nos prédios e nas casas, todos dormiam o sono dos justos sobre sua infinita e incansável proteção. O relógio presente na igreja badalou o sino por dez segundos e ele retirou os olhos da rua para buscar o isqueiro e o primeiro cigarro da noite. Só iria fumar outro depois das duas da manhã e sorveu cada tragada com força, expelindo a fumaça espessa por mais de três metros além do seu rosto.

Chegou a imaginar e a desejar durante o restante das seis horas do seu turno, algo que não aconteceria àquela noite. Imaginou e construiu com perfeição dois homens bêbados que derrubassem uma das latas de lixo próxima à entrada de qualquer prédio ou casa que ele vigiava. Desejou que eles tivessem a mesma idade que a sua e surgissem distantes pela noite, como duas sombras que gritassem e tropeçassem pela calçada enquanto rumavam para suas casas, atrapalhando o sono sagrado de todos que dormiam ao redor deles da forma mais vil possível, da forma mais egoísta possível. Imaginou como seria, assim que os visse derrubar uma das latas de lixo ou dar o primeiro grito, ele caminhando lentamente e sem medo com o seu cassetete nas mãos, seus passos dividindo as poças da calçada, sua respiração formando uma nuvem de vapor diante de seu rosto devido ao frio, até o momento em que ele se aproximasse deles e, em silêncio, executasse sua ordem da melhor forma possível, sem falhas, sem erros.

Imaginou o som abafado que as pancadas do seu cassetete fariam ao atingir um maxilar ou qualquer outra parte da cabeça dos dois. Imaginou os cuspes com sangue e dentes que eles iriam cuspir no chão enquanto pediam clemência; imaginou o maravilhoso silêncio que se faria depois que eles desmaiassem com as suas cabeças recebendo a água da chuva que escorria pelas sarjetas; imaginou a sua sombra compacta e perfeita sobre os seus inimigos que não pertenciam ao seu país e muito menos eram da mesma raça que a sua, morrendo lentamente enquanto os seus companheiros se aproximavam correndo pelas ruas depois de serem chamados por alguns dos moradores das casas e prédios ao redor que tudo viram e agradeciam a ele apenas em pensamento, pela paz e pela ordem que ele havia imposto.

O que ele havia imaginado não aconteceu naquela noite e às duas da manhã ele acendeu outro cigarro cheio de tédio, anulando tudo o que havia imaginado com imenso prazer e cheio de detalhes. Às seis e meia da manhã ele abandonava seu posto enquanto as pessoas começavam a sair de suas casas sãs e salvas, cheias de energia para executar seus trabalhos. Sem nenhum sono e com uma alegria que se refletia em cada passo que ele dava enquanto se afastava do seu posto, o senhor L. chegou à sua casa no momento em que seu pai também saía para o trabalho, com a mesma roupa que ele usava e com a mesma alegria que ele sentia. Os dois sorriram e se cumprimentaram apertando as mãos, sem que qualquer um dos dois precisasse dizer uma palavra para que ambos entendessem o que sentiam naquele momento. Em total silêncio, seu pai começou a caminhar pela calçada e o senhor L. ficou observando o seu corpo rápido e ágil sumir na esquina sob o primeiro raio de sol, no meio das névoas que evaporavam lentamente em um halo esbranquiçado.

Pensava como aquela imagem suscitava nele certo endeusamento excessivo que tinha da imagem do próprio pai, alguém tão cheio de falhas como qualquer ser humano, quando o senhor M. o cutucou no ombro esquerdo com seu dedo ossudo, que parecia um pedaço de aço ou um cano de revólver, retirando todas as suas lembranças e o trazendo de volta à realidade que lhe cercava, o trazendo de volta para a mediocridade que havia se tornado o seu país nesses últimos quinze ou vinte anos. Assim que se virou, viu o senhor L. apontando para trás e para o semáforo que eles haviam acabado de passar. Na calçada, com o cassetete subindo e descendo contra a chuva rala que começava a cair, o policial que havia lhe trazido todas as lembranças golpeava a cabeça de um garoto que gemia e tentava em vão se desvencilhar das mãos que agarravam a sua blusa quase rasgada depois de tantos puxões. O senhor L. se aproximou e ficou ao lado do senhor M., perguntando o que estava acontecendo.

– Aquele garoto que está apanhando tentou roubar a bolsa daquela velhinha que está gritando. No momento em que ela passava pela calçada, sem perceber que o policial que agora o golpeia, estava no semáforo e via toda a sua ação, em plena luz da manhã da nossa cidade, do nosso país.

O senhor L. deu um sorriso cercado de tristeza pelo sarcasmo do amigo, o que sempre lhe agradava de uma forma ou de outra.

O policial continuou golpeando o garoto mesmo quando ele parou de tentar se proteger e seus braços sem vida caíram no chão. Gotas de sangue voavam para todos os lados e uma mancha de sangue começou a se alastrar nas mãos e nas mangas pretas do capote do policial. Pessoas começaram a se aproximar pelas bordas da calçada e faziam caretas de horror, levando as mãos à boca. Alguém ergueu a senhora que estava sentada no chão e que gritava para que o policial só parasse de golpear quando o meliante estivesse morto, e assim ele o fez, erguendo o tronco que estava curvado para o chão e respirando com dificuldade, enquanto sob seus sapatos pretos, a mancha de sangue que saía da cabeça do garoto avançava cada vez mais na direção da sarjeta.

Depois de alguns segundos, ficou impossível ver qualquer traço facial ou até mesmo os cabelos completamente cobertos de sangue do ladrão. O policial se escorou no poste do semáforo e continuou respirando com dificuldade. Do seu cassetete gotas redondas e gordas de sangue escorriam a cada três ou quatro segundos, pingando sobre os dedos da mão esquerda do garoto, que pareciam estar quebradas porque estavam viradas para cima e não estendidas sobre o chão. Então um carro parou no semáforo e a visão da cena foi encoberta, impossibilitando que o senhor L. enxergasse qualquer coisa além do para-brisa cheio de gotas de chuvas que pareciam grudadas e imóveis no vidro do carro.

Devido à sua altura, o senhor M. conseguiu enxergar, antes de olhar para baixo e ver a cara pálida e assustada do senhor L., outro policial se aproximar e começar a golpear com toda a força a massa disforme em que a cabeça desfigurada havia se tornado, enquanto o garoto, em um último segundo de vida, ergueu a perna esquerda para depois deslizá-la, empurrando um pouco de sangue para a sarjeta com a sola do sapato. Novos gritos de horror, uma sirene distante foi acionada, a chuva cessou e o vento fraco voltou a soprar.

– Que tempos terríveis, não é mesmo, senhor L.? Uma bondosa velhinha ser assaltada em plena luz do dia e um policial tão jovem perder completamente a elegância e os escrúpulos dessa forma, diante de todos os transeuntes que assistiam ao espetáculo da morte que ele desenvolvia com o seu cassetete. Onde foram parar as boas maneiras e a decência, meu bom Deus?

– Acho melhor nós sairmos daqui imediatamente, isso sim. Dois daqueles velhos policiais que chegaram de carro são meus amigos. Não quero perder meu tempo conversando com eles.

– Todo esse sangue me abriu o apetite, apesar de tudo. Vamos comer?

– Não estou com fome, mas lhe acompanho de qualquer forma.

– Ora essa, meu amigo, temos que ficar juntos o tempo todo ao longo desse sagrado dia, esqueceu? Peço desculpas se meu estômago ronca como um animal cheio de fome. Vai ter que me acompanhar, infelizmente.

– Não há problema, meu caro, não há problema. Eu só quero me afastar de todo esse lixo.

Quando a ambulância chegou, desviando de todos os carros que pararam, enquanto os seus donos saíam para ver o morto e congratular o assassino com tapas no ombro, os dois se viraram e continuaram pela mesma calçada subindo a rua levemente inclinada. Pararam diante de um restaurante pequeno e escuro, desviaram de duas senhoras que estavam na calçada e olhavam a cena se perguntando o que havia acontecido, e passaram pela porta pesada de madeira.

4.

Enquanto o senhor M. almoçava, ele via pela janela do restaurante, no outro lado da rua, um policial dentro de uma casamata. O policial estava tão completamente imóvel, que nem os seus olhos pareciam piscar. E apenas depois de vários minutos era possível ver que respirava devido ao vapor bem fraco que saía de sua boca, quase imperceptível devido à pouca luz da manhã.

Acabou lembrando como sua vida havia iniciado de fato e o livre arbítrio que teve para construir o seu destino. A mãe já estava morta, e para ser mais exato, havia morrido quando o senhor M. tinha quinze anos, por isso não poderia intervir em nada. A perda da mãe o fez sofrer por seis meses, mas depois seguiu com sua vida. Seu pai também havia sofrido, mas não tanto como o senhor M. esperava que ele sofresse. Esperava mais desespero, mais desconforto, mais tristeza. Mas ao contrário disso, seu pai se recuperou mais rápido e em menos tempo do que ele. Na verdade, talvez o pai do senhor M. nem tenha se importando muito com a morte de sua esposa. Havia alguém mais importante em sua vida e o senhor M. percebeu isso logo quando entrou na adolescência. Com toda a certeza sua mãe também percebeu que era abandonada e trocada por outra pessoa logo depois que o amigo do pai do senhor M. havia se mudado para muito próximo da sua casa, uma proximidade nociva e estranha para os olhos de todos. Minha mãe morreu basicamente de tristeza, pensou o senhor M.

Com dezessete anos havia terminado os estudos e apenas comunicou ao pai que iria se alistar na marinha, pretendendo com isso sair de casa e seguir uma carreira militar para o resto da vida. Seu pai, como era de praxe na relação e contato que existia entre ambos, ou dizendo melhor, na inexistente relação e contato entre ambos, apenas assentiu com a cabeça e disse que ele poderia fazer o que quiser com a sua vida. Caso quisesse permanecer em casa, que permanecesse, caso não quisesse, poderia partir para qualquer parte do mundo livremente. O senhor M. não gostou nem um pouco das palavras do pai. Soou para ele como um desprezo educado, ou um desprezo nem um pouco educado, mas explícito e nojento. Nunca havia sentido amor pelo pai, mas também nunca o havia odiado. A única coisa que havia entre eles era um afeto frio que praticamente não era expresso, mas sentido por ambos de uma forma ou de outra. Naquele dia ele sentiu asco ao ver o rosto do pai diante de sua xícara de café, depois de falar o que falou e da forma como falou, e depois sentiu asco de si mesmo por perceber que esse era o sentimento que possivelmente sempre teve, de uma forma ou de outra, pelo próprio pai, e que talvez esse também fosse o sentimento do pai por ele desde o momento em que ele nasceu. Tudo isso não era revelado, tampouco era confirmado.

O senhor M. tentou se lembrar do último dia em que viu o pai, o dia em que partiu para o alistamento e nunca mais voltou para casa, mas esse dia era apenas uma imensa mancha branca coberta por névoas e alguns raios de sol difusos dentro de um céu azul na sua memória. Mas se lembra com perfeição do dia em que recebeu a informação, pelo seu oficial superior, que seu pai havia morrido. Um tio que ele nunca havia conhecido ou visto o rosto, nem mesmo por alguma possível fotografia, telefonou e não conseguiu falar com ele, deixando recado. O que eu havia sentido ao saber da morte do meu pai? Onde eu estava naquele dia? Perguntou-se o senhor M., enquanto cortava um pedaço de carne e ao mesmo tempo observava o policial se mover para fora da casamata, dar cinco passos até a borda da calçada, observar algo na direção sul, e voltar para a posição em que estava antes como se nunca houvesse saído dali nem por um segundo. Sei lá onde eu estava, pensou, enquanto mastigava a carne e duas gotas de sangue escorriam pelo canto da sua boca.

Acho que estava na Oceania, pensou, enquanto limpava os lábios com um guardanapo.

Mas mesmo que tentasse negar para si mesmo onde estava quando recebeu a informação da morte do seu pai, o senhor M. se lembrou exatamente onde estava e o que sentiu quando recebeu a notícia no momento em que tentou cortar um pedaço de carne com sua faca e não conseguiu, pois havia um osso espesso dentro da carne, um osso que dava mais sabor à carne quando cozida, mas quando era comida crua para nada servia. Ou seja: o osso não era para estar ali, deveria ter sido retirado pelo cozinheiro. Pensou em reclamar, mas depois desistiu ao ver que o senhor L. não parecia estar nem um pouco à vontade por um motivo que ele não sabia definir, com a sua expressão facial de enjoo e enfado ao olhar para os lados constantemente que ele já conhecia, o que mais ou menos queria dizer que o senhor L. logo pediria para ir embora ou então se levantaria sem falar nada e o senhor M. teria que acompanhá-lo, deixando o prato pela metade quando o senhor L. se levantasse de forma instantânea no momento que ele chamasse o garçom.

Então, com cautela e paciência, o senhor M. começou a cortar a carne ao redor do osso, tateando a superfície da carne com a faca e achando a linha invisível que mostrava a trajetória correta que ele deveria cortar para que o mínimo possível de carne fosse desperdiçado nessa operação. E assim que penetrou a ponta da faca na carne recoberta com uma leve camada de gordura amarelada, e uma quantidade pequena de sangue emergiu para atingir toda a grande parte do prato que ainda estava limpa, maculando com a cor vermelha da carne a parte branca e quase translúcida do prato que refletia a iluminação do restaurante, o senhor M. lembrou o local exato onde estava quando recebeu a notícia da morte do pai, o que realmente sentiu e o que havia feito antes de receber a notícia pelo seu oficial.

Estava no primeiro ano de marinha e em treinamento há nove meses. Faltava pouco para acabar a parte mais difícil e achava que, se havia conseguido sobreviver aos nove meses, que foram um verdadeiro inferno, conseguiria ultrapassar qualquer obstáculo que atravessasse sua vida a partir do próximo ano. "Qualquer mulher, qualquer homem, qualquer inimigo, qualquer oceano ou pedaço de terra, qualquer demônio humano ou não", pensava enquanto atravessava um campo de trigo que balançava no vento e tocava o seu rosto delicadamente a cada passo que dava. Depois do campo de trigo havia uma floresta negra e fechada que avançava por uma colina íngreme. Ao lado dessa floresta mais campos de trigo se espalhavam simétricos e organizados até a linha do horizonte, onde o sol sumia lentamente à sua esquerda e deixava matizes de vermelho e amarelo sobre tudo. Olhou para trás e viu os soldados da tropa da qual fazia parte bebendo água e dormindo embaixo de uma árvore cujo tronco era curvo na parte de cima e se inclinava para baixo, com os seus galhos de folhas verdes e estriadas que roçavam os trigos mais amarelos no ponto onde a sombra morna da árvore se alastrava por cerca de dez metros no chão de terra vermelha, recoberto de pequenas flores azuis e brancas, as flores que caíam das árvores na menor oscilação do vento e roçavam os seus rostos, espalhando um perfume quase imperceptível de tão delicado, mas que mesmo assim ficava impregnado na altura dos lábios.

Enquanto tentava dormir encostado em uma parte do imenso tronco da árvore, o senhor M. escutou a conversa de dois soldados que estavam mais próximos dele, entre o burburinho de vozes que se alastrava ao seu redor como um turbilhão abafado de palavras desconexas. Um deles contava para o outro que depois da floresta negra, passando o campo de trigo diante deles, havia um lobo imenso, quase do tamanho e peso de uma pessoa normal, e que ele já havia matado cerca de setenta ou oitenta soldados ao longo de trezentos anos. O outro soldado que escutava riu e perguntou quem lhe havia contado a história, e o outro soldado respondeu que o oficial que o treinava foi quem lhe contou. O soldado que escutava deu uma risada tão alta que o senhor M. acabou abrindo os olhos automaticamente e viu os dois soldados com os rostos assustados cerca de cinco passos de onde estava. Olhou para os lados e viu que todos os outros soldados se calaram ao mesmo tempo em que observavam os dois como se perguntassem o que havia de engraçado para que eles também pudessem rir. Mas ao invés de responder qualquer coisa, os dois se afastaram em silêncio e envergonhados para um canto cheio de pedras embaixo de uma árvore, e o soldado que rira continuou rindo, ocultando o rosto com mão enquanto o soldado que contara a história também pareceu continuar contando a mesma história, só que com mais ênfase do que antes, fazendo gestos e caretas.

O senhor M., depois de certo tempo, talvez dez ou doze minutos, cansou de olhar para os dois e se levantou do chão. Andou um pouco para os lados e ao redor da árvore até começar a descer em direção ao campo de trigo sem que ninguém percebesse sua presença. Andou até a metade e olhou para trás. Todos estavam no mesmo lugar de antes e outro soldado havia se recostado no mesmo lugar em que ele estava no tronco. "Possivelmente está sonhando", pensou. Girou o corpo e voltou a andar com cautela, empurrando os caules do trigo para que eles não balançassem muito. Dez minutos depois alcançou a floresta no exato instante em que o último raio vermelho de sol sumiu sob suas botas e a escuridão lhe cercou. Acostumou a visão e começou a tatear os galhos. Ao contrário do que esperava o senhor M., a floresta não era muito fechada. Apenas nas bordas e no limite dos dois lados com os campos de trigo havia um paredão de árvores mais cerradas. No centro da floresta havia um caminho aberto e desmatado com alguns galhos caídos. A floresta toda parecia uma abóboda, onde as árvores que estavam nos dois lados se inclinavam para o centro e formavam uma espécie de teto com galhos e folhas. Entre os galhos e as folhas que balançavam ao vento, vento esse que não conseguia ultrapassar os dois paredões e desviava na parte de cima, podiam-se ver as estrelas que iluminavam o chão com luzes frágeis e fugazes, que sumiam e retornavam, sumiam e retornavam de acordo com a força do vento, logo depois do azul se desvanecer do céu e ficar completamente escuro. "Parece um conto de fadas", pensou e riu ao mesmo tempo o senhor M., quando chegou à ponta do caminho inclinado que seguia e avistou toda ladeira abaixo de si, onde os dois lados estavam mais cercados com árvores do que a subida pela colina. Pensou em voltar, mas depois, por algum impulso que ele até hoje não sabe definir, começou a descer o outro lado da colina. Quando chegou à metade do novo caminho avistou algo que se movia pelo chão e parecia se levantar. Uma sombra compacta e robusta que tocava o topo das árvores e começou a andar ou a se arrastar sem pressa em sua direção de forma uniforme e precisa, enquanto um leve tremor de terra se fazia sentir a cada três segundos. "Pronto, o lobo mau veio me comer", pensou e retirou a faca que estava em sua cintura, a faca que o comandante dizia que sempre deveria estar ao lado do seu soldado, como uma extensão do seu corpo, como parte do seu corpo.

Talvez em outras épocas da sua vida, principalmente durante sua infância, tivesse tremido de medo e sentido vertigem, mas estava tão cansado que qualquer dor ou medo era anulado devido à exaustão mental e física que sofrera durante o treinamento. "Tanto faz morrer hoje ou amanhã", pensou quando ergueu a faca e tentou ver qualquer forma que definisse aquilo que caminhava ou se arrastava em sua direção. "Com certeza não é o lobo mau", pensou ao sentir um cheiro de terra misturado com um leve perfume que saía da criatura, o mesmo perfume das flores azuis e brancas que caíam sobre o seu rosto quando estava deitado embaixo da árvore. "O canalha ainda é perfumado", pensou, enquanto posicionava as pernas para que pudesse se apoiar melhor no momento da facada, para que ao menos o seu primeiro ataque sangrasse a criatura ou a ferisse. Afastou o braço direito para trás. A criatura não rastejava, caminhava com pernas que não pareciam pernas, mas tentáculos que se estendiam pelas suas costas e impulsionavam o seu corpo pelo chão.

O senhor M. sentiu novamente o perfume estranho da criatura, antes de jogar o braço com toda a força que restava no corpo e atravessar um emaranhado que lhe fez lembrar pelos ou cerdas, empurrando sua mão até que ela sumisse e ficasse cercada por alguns instantes em algo quente e pegajoso. A criatura pareceu gemer e depois se contorceu para cima e para baixo lentamente, enquanto os pelos roçavam o rosto do senhor M. que tentava a todo custo desvencilhar a sua mão cada vez mais presa no interior da criatura.

Depois de alguns segundos, sangue começou a jorrar sobre a sua mão e braço, um sangue quente e espesso, quase sólido. A criatura se sacudiu mais alguns segundos para cima e para baixo em uma velocidade maior até começar a retroceder, enquanto o senhor M., que deslizava para frente, fincava os pés no chão, quebrando os galhos mais finos. Sentiu sua mão se soltar e um forte jorro de sangue espirrou do corpo da criatura atingindo seu peito e pescoço. Puxou o braço e conseguiu dar alguns passos para trás, tropeçando no chão e caindo. A criatura começou a retroceder da mesma forma que avançou, lentamente, com movimentos e grunhidos que tanto poderiam ser palavras cheias de desespero abafadas pelo emaranhado de pelos e cerdas, quanto gemidos de dor de qualquer animal que sangrava.

Em menos de trinta segundos a criatura sumiu como se tivesse se mesclado ao chão e às árvores, ou como se fizesse parte delas ou fosse constituída por partes delas. O senhor M. piscou os olhos algumas vezes e viu diante de si apenas a escuridão do final da ladeira, onde outra ladeira mais íngreme parecia surgir depois de um pequeno barranco forrado por galhos e iluminado esparsamente pela luz das estrelas. Apoiou-se no chão e se levantou. Ficou respirando por alguns segundos e percebeu somente naquele momento que a faca ainda estava na sua mão, completamente coberta de sangue. Pingos grandes e vermelhos caíam da ponta da lâmina e brilhavam antes de chegar ao chão. Olhou mais uma vez para frente e viu somente o barranco e os galhos no final da ladeira. Coçou o nariz com o antebraço esquerdo, se virou e começou a retornar pelo mesmo caminho. Chegou à entrada da floresta e viu entre os campos de trigo de ambos os lados, as luzes das lanternas dos soldados convergindo para cima e para baixo, enquanto seu nome era gritado a cada três segundos por vozes distintas em várias direções; longe e perto, abafadas e agudas. Sorriu e entrou no campo de trigo. Caminhou para o soldado que estava mais próximo e gritou que estava se aproximando. O soldado se virou e projetou a luz em sua direção. Continuou caminhando na direção da luz e olhou para baixo, vendo o sangue que estava na sua barriga e braço ficar cada vez mais visível e vermelho, entremeado por coágulos negros bem sólidos, como se restos de carne da criatura também houvessem se projetado para o seu corpo quando o jorro de sangue foi espirrado. Só parou de andar quando a luz da lanterna atingiu o seu rosto e seus olhos se fecharam. Ergueu os braços e sentiu o sangue morno escorrer por entre os dedos da mão direita, como o sangue que estava em seus dedos ao segurar o osso que havia sobrado sobre o prato, entre restos de carne coberta por uma leve camada de gordura amarela. Ergueu o rosto e notou que o senhor L. olhava para ele com espanto e ao mesmo tempo raiva, como se perguntasse no que ele estava pensando esse tempo todo enquanto manuseava aquele pedaço de osso sobre o prato. O senhor M. largou o osso, pegou um guardanapo que estava embaixo da faca e sorriu.

– Estava sonhando, senhor M.?

– Não, eu nunca sonho, senhor L. Estava apenas me lembrando do dia maravilhoso em que recebi uma carta que relatava a morte de um parente insignificante.

– Parente insignificante? Não seria mais correto dizer "distante"?

– Não, não, ele não era distante, muito pelo contrário. Era insignificante mesmo.

– E por que a notícia da morte de um parente, mesmo insignificante, poderia ser maravilhosa?

– Ora essa, senhor L, o senhor hoje está estranho e fazendo perguntas em demasia. Não o reconheço. Bom, mas para não ser descortês, vou te responder. Esse parente era apenas um parente insignificante, nada demais, apenas alguém que me deu a vida e somente isso. Nunca me amou e eu nunca o amei. Mas isso não quer dizer que a notícia da morte desse parente tenha sido maravilhosa, foi somente uma notícia como tantas outras notícias que chegam até nós de uma forma ou de outra ao longo da nossa vida. Nada demais, nada de relevante. O que eu disse e o senhor pareceu não entender, talvez por estar com vários devaneios desde o primeiro minuto em que o encontrei ao longo desse dia, e talvez nem sejam devaneios, mas sonhos concretos ou uma angústia concreta que o senhor, por algum motivo, não quer relatar para o seu grande amigo, é que aquele dia em que recebi a notícia da morte desse parente foi exatamente o dia em que a minha vida de fato começou. O dia em que eu finalmente percebi que nada poderia me abalar mentalmente e nem ninguém poderia me deter, nem mesmo o lobo mau gigante que havia matado milhares de soldados ao longo do século, o lobo mau que traz tantos pesadelos para nossas crianças e jovens de todo o nosso país. Sim, nesse dia em que recebi a carta de um parente insignificante, eu matei com essas mãos que o senhor observava até agora há pouco, nada mais e nada menos que o lobo mau, o maldito lobo mau, com a minha faca que até hoje eu possuo e que o senhor conhece tão bem. Compreende por que aquele dia foi tão maravilhoso? Compreende o meu devaneio enquanto mexia nesse osso já desprovido de carne? Compreende por que da sua nobre figura eu tanto gosto a ponto de contar um fato de extrema importância que ocorreu no passado da minha vida, um fato que nunca contei para ninguém, sem esconder nada e nem omitir nem mesmo uma palavra, enquanto senhor esconde toda a sua angústia de mim como se eu fosse um estranho? Compreende tudo isso ou está difícil? É necessário explicar mais alguma coisa? É necessário dizer mais alguma coisa?

O senhor L., antes mesmo que o senhor M. terminasse de completar a última frase, já gargalhava sem emitir nenhum som, apenas contorcendo o rosto e apertando os braços contra a barriga, como se tivesse perdido a capacidade de falar e só pudesse se exprimir através de gestos convulsos. Mas depois de alguns segundos todo o som da sua gargalhada surgiu e se espalhou pelo restaurante completamente em silêncio, como se um animal estivesse gritando de dor e sangrasse bem no meio do salão. O senhor M. começou a rir, nem um pouco constrangido, e depositou o dinheiro da refeição dos dois sobre a mesa enquanto ao mesmo tempo se levantava e puxava o senhor L. pelo braço, que continuava gargalhando, retirando o seu corpo da cadeira e fazendo com que a mesa quase caísse quando as suas pernas sem controle começaram a andar na direção da porta da saída. O senhor M. notou que um garçom se aproximava e imediatamente respondeu com a voz baixa que o seu amigo estava muito doente, "doente dos nervos". Passaram com dificuldade pela porta de entrada e assim que saíram começaram a andar pela calçada. Antes que os dois entrassem na nova rua, o policial que fazia a vigilância se moveu para fora da casamata, olhou para o sul e retornou para o mesmo local.

5.

O senhor L. parou de gargalhar depois de três ruas. E quando a sua gargalhada diminuiu de intensidade, ele imediatamente começou a passar mal, sentindo vertigem e dores na cabeça, além de um leve enjoo. Mesmo depois que parou de gargalhar continuou a se apoiar no senhor M., que também sentiu, mesmo que o senhor L. não tivesse dito nada e ainda tentasse disfarçar, que seu amigo não conseguia nem mesmo andar sozinho naquele momento.

Andaram até a metade da quarta rua e encontraram outra praça deserta que levava até um parque cheio de árvores. O senhor M. pensou em levá-lo para o parque, mas o senhor L. ao ver um banco no momento em que eles cruzavam a praça, disse com a voz muito baixa, quase inaudível e levantando o rosto para que fosse escutado, que gostaria de sentar um pouco. O senhor M. o colocou no banco lentamente e ficou olhando para o rosto transtornado do amigo, um rosto que ele não reconhecia, um novo rosto que surgia diante de si depois de tantos anos em que aqueles traços nunca haviam sofrido uma mudança, não havia sofrido nenhuma oscilação. O que está acontecendo com o meu melhor amigo, pensou enquanto ajeitava sua roupa, que ficou amassada e ao mesmo tempo se sentava ao lado dele no banco, cheio de cuidado para não assustá-lo, demonstrando com os seus gestos medo e apreensão por mudança tão repentina. Um ano? Dois anos? Pensou e tentou lembrar quando havia ocorrido aquela mudança: a oscilação do humor, o olhar vazio, o corpo que parecia definhar e prestes a morrer a cada novo segundo quando ele olhava para o amigo. Parou de pensar e respirou pausadamente. Ajeitou a faca que estava nas costas e se recostou no encosto do banco. Cruzou os braços e ficou observando as árvores muito verdes balançando no vento do parque à sua direita, bem diferente das árvores mortas da praça. Um contraste de vida e morte que o senhor M. não conseguia compreender. Para ele eram apenas árvores e os movimentos que elas faziam no vento o agradava porque lhe trazia paz e monotonia, leveza, o tempo que passa e escorre, modificando tudo.

O senhor L., ao contrário do senhor M., cada vez que olhava para os galhos das árvores balançando ao vento, tanto os galhos das árvores da praça como os galhos das árvores do parque mais à sua direita, ficava assustado e irritadiço, um susto e uma irritabilidade que ele escondia ou pensava que escondia da melhor forma, ou seja, em total silêncio e ocultando gestos e possíveis caretas que poderiam surgir no seu rosto. Era como se os galhos balançando ao vento ampliassem e devolvessem toda sua confusão mental e desespero que ele achava que escondia, mas que eram percebidos por seu amigo e possivelmente por qualquer pessoa que passasse pela praça e olhasse em sua direção.

Toda sua doença e desespero ficavam completamente visíveis, mesmo que ele tentasse esconder sem fazer nenhum movimento com os braços e pernas, sem fazer nenhuma expressão facial, pois apenas os seus olhos agitados se movimentavam para cima e para baixo, para a esquerda e direita, como se seus olhos tivessem vida própria dentro do seu corpo completamente imóvel, onde os pés estavam cruzados um sobre o outro abaixo do assento do banco e seus braços se cruzavam sobre sua barriga, enquanto seu tronco e pescoço e cabeça estavam eretos e não se moviam ou pendiam nem mesmo um centímetro para esquerda ou direita, nem para cima ou para baixo, como se estivesse sem respirar por longos minutos ou simplesmente não estivesse respirando desde o momento em que se sentou no banco. Um corpo vazio e oco, onde a única expressão de vida se dava através dos olhos.

Depois de alguns segundos o senhor L. conseguiu se acalmar e fechou os olhos, respirando lentamente e sorvendo o leve cheiro que se desprendia das árvores ao seu redor. Imediatamente tentou se lembrar qual foi à última vez em que esteve nesse estado, ou próximo de um estado como aquele, para que ao se lembrar da sua doença também pudesse se lembrar, automaticamente, da cura que conseguiu no passado, um passado que pouco importava se fosse mais recente ou mais distante, uma memória quase apagada e turva ou cheia de detalhes, cores, sons e movimentos. Tentou se lembrar de algo e apenas lembrou da sua doença, do rosto do médico ao anunciá-la e de sua mão se erguendo para pegar o envelope que o médico estendia sobre a mesa de vidro, onde outros envelopes se amontoavam próximos a um telefone grande e preto, possivelmente também contendo prognósticos de morte rápida ou lenta para os pacientes que estavam na sala de espera, sentados nos bancos e esperando serem chamados para ouvir o que já esperavam ouvir, sem nenhum sinal de esperanças nos seus rostos, onde apenas os olhos agitados demonstravam algum sinal de vida, mesmo que eles tentassem disfarçar como o senhor L. disfarçava sentado no banco da praça ao lado do senhor M.

Respirou e fechou os olhos. Antes que o senhor L. tentasse novamente se lembrar de algo do seu passado, passos precisos e fortes começaram a surgir à sua direita, passos de alguém que usava um coturno ou um salto feminino e andava sem pressa, mas decidido e firme, passos que tanto poderiam ser de um homem decidido ou de uma mulher decidida, em paz, atravessando a praça para o seu destino sem sentir nada e apenas visando o local aonde desejava chegar de forma objetiva, sem sofrimento. E esses passos finalmente trouxeram o passado que o senhor M. procurava, o passado onde havia uma possível doença e uma cura, um passado perfeito na sua memória, com todos os detalhes de cores, sons, movimentos e cheiros que ele tanto desejava e não havia conseguido no primeiro momento. Esqueceu completamente do senhor L. ao seu lado, esqueceu completamente da praça e do seu presente, permaneceu com os olhos fechados e logo viu a si mesmo ainda muito jovem dentro de uma guarita formada por tijolos e ferro, uma guarita pequena onde o seu corpo pequeno e robusto parecia se compactar com perfeição à estrutura formada por paredes de tijolos, uma única abertura formada por uma folha de ferro que se abria para fora, deixando ver um cruzamento onde quatro ruas pequenas e escuras, cheias de prédios baixos, se alinhavam iluminadas por poucos postes, cuja luz amarela iluminava apenas as entradas dos prédios, os seus portões de ferro e as latas de lixo, as sarjetas e as calçadas, além dos trechos das ruas onde as latarias dos carros, estacionados há muito tempo, brilhavam devido ao sereno depositado sobre os capôs, deixando com isso imensas faixas escuras imersas na escuridão que não era iluminada pelos postes, ocultando possivelmente outros ferros que serviam como muros ou pedaços das calçadas, além de outros carros onde era apenas visível, ocasionalmente, o brilho de uma maçaneta que refletia alguma luz baça que saía de um apartamento cujo interior ficava oculto por cortinas brancas.

Havia o cheiro doce do sereno brotando do chão, misturado com o cheiro de produtos de limpeza que parecia sair de todas as casas e ser levado pelo vento diretamente para a guarita até chegar ao seu rosto. Havia o silêncio total que não era quebrado nem mesmo pelo vento que soprava e balançava os ferros, os postes e alguns galhos de uma árvore plantada diante do prédio mais próximo dele, como se, mesmo tocados pelo vento, não formassem nenhum farfalhar, nenhum ruído e nenhum barulho de dobradiças.

Estava ali desde quando? Desde que dia e mês? Perguntou-se o senhor L. e não conseguiu uma resposta. Lembrou que em algum momento daquela noite retirou um cigarro do maço que estava sobre um encosto de madeira fixado na parede e o acendeu com o isqueiro onde havia o desenho de uma lagartixa verde cercada por lagartixas também verdes, só que menores, como se fossem os filhotes da lagartixa maior e essa as tivesse guiando por algum caminho. Expeliu a primeira fumaça pela abertura e ela avançou pela noite, pairando pela rua por vários metros. Ficou um tempo observando a chama permanente do isqueiro até fechar a tampa que fez um clique seco e abafado. Voltou a tragar o cigarro e a expelir a fumaça com mais força pela abertura. A fumaça se alongou pela rua até passar a árvore e chegar ao poste mais próximo, sumindo exatamente quando alcançou o raio de luz amarela, subindo em direção à redoma de vidro suja e embaçada pelo sereno que cobria a lâmpada. Depois da terceira tragada, retirou a tampa da cafeteira que estava ao lado do maço de cigarros, despejando o café negro e espumante na mesma tampa. O cheiro de café se espalhou pela guarita e permaneceu por vários minutos, preenchendo todo o ar do espaço pequeno que lhe cercava. Ficou bebendo o café e fumando, enquanto observa o vapor do café, a fumaça expelida do cigarro avançando cada vez mais longe na escuridão e toda a imobilidade e silêncio que lhe cercava.

Aquilo era a paz total, pensou o senhor L. A paz total e irrestrita, a mais perfeita solidão envolta em disciplina e trabalho, a melhor época da minha vida, pensou e suspirou levemente, relaxando o corpo sobre o banco, parando de movimentar os olhos e fixando o seu olhar para o caminho de cimento da praça, coberto esparsamente por manchas escuras que, pela manhã, possivelmente eram poças cobertas por algumas folhas que refletiam o mesmo céu daquele momento, o céu que quase nunca mudava sobre sua cidade.

E logo lembrou o que lhe retirou sua paz, o que avançou pela noite como um demônio indefinido, anulando todo o seu presente que era perfeito e imutável. No final da rua começaram a surgir passos que quebraram o silêncio, passos ainda no escuro, firmes e decididos. O senhor L. se assustou e apagou o cigarro na tampa metálica da cafeteira. Pegou o revólver que estava na cintura e o engatilhou lentamente, puxando o gatilho de engate com os dois dedos da mão esquerda para diminuir ao máximo o barulho e não chamar a atenção para o seu movimento. Os passos continuaram crescendo como se a pessoa estivesse, na verdade, em um bairro distante ou margeasse a rua em que o senhor L. estava, dando longas voltas para confundir sua direção e não ser visto logo que entrasse na rua. Alguém que veio me matar, alguém que veio me matar por algo que fiz no passado, pensou o senhor L. Tentou se lembrar naquele momento de alguém ou algo de seu passado e não lhe apareceu nenhum rosto ou nome ou fato que o fizesse lembrar qualquer coisa. O meu passado é ilibado, perfeito, apenas pureza, pensou enquanto erguia a arma e apoiava sobre a abertura de ferro, apontando o cano do revólver para a única direção possível de ser apontada.

Um vento forte soprou e a poeira depositada sobre a abertura de ferro ou sobre sua roupa ou a poeira acumulada entre as frinchas dos tijolos nas paredes voaram e atingiram os seus olhos. Coçou as pálpebras com a parte de fora da mão esquerda por alguns segundos e quando os abriu viu uma mancha turva que caminhava pela calçada, passando rápido pelas luzes dos postes e ficando poucos segundos nas partes que não eram iluminadas. Não conseguia distinguir se era um homem ou uma mulher, apenas confirmou para si mesmo que era uma pessoa alta, muito alta, e que tinha um andar marcial, alguém que andava sem pressa, mais rápido e preciso como se estivesse marchando. Os passos cresceram cada vez mais e o barulho dos sapatos da pessoa penetrou na guarita, formando um eco e reverberando pelas paredes como marteladas em uma parede inquebrável, uma parede de aço e ferro. Levemente atordoado, o senhor L. balançou a mão em que segurava o revólver e novamente piscou os olhos. Quando os abriu novamente, os passos haviam cessado e bem diante da guarita, cerca de dez ou doze passos de distância, em pé na esquina e embaixo da árvore mais próxima, uma mulher estava parada e olhava diretamente para ele, uma mulher que usava imensos saltos vermelhos e um casaco preto que parecia ser de pele, e cobria quase todo seu corpo, menos a cabeça, os pés e as mãos. Era muito alta, como o senhor L. já havia percebido enquanto ela caminhava, e possuía cabelos escuros bem longos, com mechas que caíam na parte da frente do seu corpo e quase chegavam à sua cintura. Tinha olhos grandes e escuros, os maiores olhos que ele já havia visto em uma mulher, e usava batom rosa que realçava sua pele alva.

No mesmo instante em que o senhor L. terminou de observá-la dos pés à cabeça, parou de respirar e sentiu que seu corpo todo se inclinava para frente, sem também conseguir sentir, ou saber, se o seu coração batia ou não naquele momento. Ambos ficaram parados. Sem notar, o senhor L. continuou com a arma apontada na direção da rua, sem necessariamente estar apontando para a mulher, mas parecendo que iria apontar para ela a qualquer momento. Pensou em perguntar se havia algum problema ou se poderia ajudar ou simplesmente dar boa noite, mas não conseguiu abrir a boca. Então a mulher, que o olhava completamente impassível e com o rosto levemente inclinado para a sua direita, enquanto o resto do seu corpo estava virado para a esquina, sorriu e todos os seus dentes, estranhamente, pareceram brilhar, como se estivessem em chamas ou tivessem luz própria e irradiassem essa luz branca com muita força, parecendo um clarão. O senhor L. de imediato ficou cego e fechou os olhos, coçou as pálpebras por alguns segundos e quando os abriu novamente a mulher não estava mais na esquina. Escutou seus passos se afastando, diminuindo, até sumirem completamente.

Retirou a arma da abertura, abaixou o gatilho e a colocou sobre a armação. Sentou no banco de madeira e se recostou na parede. Voltou a perceber que respirava e que seu coração existia, batendo rápido como nunca havia batido antes. Acendeu outro cigarro e ficou olhando para a rua deserta. Antes que esperasse, o sol surgiu e os postes começaram a se apagar um por um. Foi como se cinco horas ou mais tivessem se tornado cinco minutos desde o momento em que a mulher tinha lhe cegado e partido. Nunca tantas horas haviam passado tão rapidamente, sem que eu me lembre o que exatamente pensava ou fazia, além de acender aquele primeiro cigarro depois da cegueira, lembrou. Pegou suas coisas sobre a mesa, fechou a guarita e andou pela calçada escutando o barulho das pessoas levantando das camas que rangiam e o barulho de água nas chaleiras para o preparo do café.

Naquela época já vivia só em um apartamento pequeno que comprou com a economia de cinco anos de trabalho, onde havia apenas um quarto que era ao mesmo tempo uma sala, um banheiro e uma cozinha. A rua era tranquila e ele praticamente não via os vizinhos do prédio. Tomou um banho, trocou de roupa, comeu um pedaço de pão e se sentou na cama que era iluminada pela janela que ele sempre deixava um pouco aberta, sem cobrir com as cortinas, para que não dormisse muito com a ajuda da luminosidade e o apartamento pudesse ficar sempre arejado. Ficou com sono depois de contemplar algumas nuvens se movendo entre os prédios e se deitou. Antes de fechar os olhos pensou na mulher e somente nela, sem lembrar mais nada que acontecera na sua vida antes daqueles passos e daquele sorriso. Dormiu e se sentiu tão leve que pareceu que flutuava em uma água morna e infinita, sobre um mar isolado, intocável e sem som. Despertou quinze minutos depois quando foi trocar de posição sobre a cama. Olhou para o relógio da parede e percebeu que havia dormido apenas quinze minutos, mas com a sensação de que tinha dormido um sono profundo por cinco horas seguidas. Voltou a dormir. Acordou novamente vinte minutos depois para trocar de posição e não olhou para o relógio. Meia hora depois acordou como se tivesse dormido por oito horas e se sentou na cama. Todo o seu corpo estava dolorido, como se tivesse dormido demais. Levantou o rosto e olhou para o relógio. Haviam se passado apenas uma hora e dez minutos desde o primeiro momento em que havia se deitado. Olhou para a janela e parecia que as nuvens não haviam saído do lugar, assim como a luminosidade também não havia aumentado ou diminuído; uma luz baça iluminava as janelas dos prédios e se estendia por todo o céu. Levantou e se espreguiçou. Caminhou até a cozinha e comeu outro pedaço de pão. Lavou a roupa e estendeu no pequeno varal de teto em cima da lavanderia. Sentou na poltrona e acendeu outro cigarro. Olhou o relógio. Apenas meia hora havia se passado. Começou a ler um livro. Dez páginas, vinte páginas, cinquenta páginas e parou para alisar as pálpebras. Colocou o livro ao lado do cinzeiro sobre um banquinho de madeira. Acendeu outro cigarro. Apagou. Sem perceber, dormiu. Acordou com dores no pescoço vinte minutos depois como se estivesse ficado naquela posição por cerca de três horas, e não por vinte minutos. Olhou o relógio: oito e meia da manhã. Começou a rir e pensou que aquele relógio devia estar quebrado. Procurou sobre a cama seu relógio de pulso e viu as horas: oito horas e trinta e dois minutos. Parou de rir. Voltou a se deitar na cama novamente com sono, como se não houvesse dormido nem por um segundo. Adormeceu. Acordou dez horas depois de trocar de posição na cama, pensando vagamente que talvez tenha dormido naquele instante apenas vinte ou trinta minutos antes de acordar e impulsionar seu corpo para a direita, olhando para o relógio na parede enquanto ajeitava o travesseiro embaixo da sua cabeça. Deu um pulo da cama e olhou para a janela. Os apartamentos dos prédios vizinhos estavam com a luz acessa e os postes começavam a acender. No céu algumas estrelas distantes piscavam. Olhou novamente para o relógio iluminado pela luz que vinha de fora e confirmou que eram seis horas e meia da tarde. Levantou e acendeu a luz da sala. Vestiu-se e pegou os cigarros sobre a mesa ao lado da poltrona. Fez café na cozinha e encheu a cafeteira. Apagou as luzes da cozinha e da sala e desceu apressado pelas escadas, pulando os degraus de três em três. Na rua correu para pegar o ônibus que sempre pegava. O motorista que sempre o levava riu e perguntou se havia dormido demais naquele dia. O senhor L. também riu e disse que estava gripado. Procurou a cadeira em que sempre se sentava ao lado da porta de saída no fundo do ônibus. Lá fora começou a chover e a ventar forte. Cruzou os braços e observou as pessoas que entravam no ônibus a caminho de casa. Todos tinham os rostos inchados e doentes, como se estivessem sem dormir ou também tivessem dormido demais. Olhou para o seu reflexo no vidro da janela, cheio de gotas da chuva que escorriam sem cessar na parte de fora, e viu seu rosto inchado e com imensas olheiras. Voltou a olhar para frente.

Ao contrário dos outros anos em que ele ficava vários meses em um mesmo ponto de vigilância, agora havia troca de guaritas a cada quinze dias. A nova guarita onde ele iria ficar não era muito distante da guarita da noite anterior, por isso saltou no mesmo ponto e resolveu seguir o resto do trajeto de cinco ruas a pé. Passou pela encruzilhada que vigiava à distância na noite anterior e viu a guarita iluminada. Parou um pouco de andar e viu um homem dentro dela acendendo um cigarro e o sustentando pela boca, ao mesmo tempo em que derramava um pouco de café sobre a tampa metálica da cafeteira. A luz da guarita era fraca e dava para ver o rosto do homem. O senhor L. pensou ser um irmão gêmeo que ele nunca havia conhecido e fora escondido por seu pai, que morrera cerca de três anos atrás por pneumonia.

Riu desse pensamento e voltou a andar, ainda observando o homem que soltava uma baforada do cigarro pela abertura metálica e erguia a tampa da garrafa térmica até a boca antes que ele entrasse na nova rua e não pudesse enxergar mais nada. Pessoas chegavam dos seus respectivos trabalhos e entravam nos seus apartamentos ou casas depois de saltar dos ônibus. O senhor L. prestou atenção nas mulheres que usavam salto, sendo que algumas nem mesmo usavam salto, mas sim sapatos baixos ou sapatilhas, e mesmo assim ele olhou com atenção para não se enganar sobre que tipo de calçado elas usavam, observando o barulho que eles faziam ao tocar ao chão. E entre as que usavam saltos não viu nenhum vermelho, mas apenas saltos brancos ou pretos ou verdes ou marrons, e nenhum deles possuíam a mesma altura que os saltos da mulher. Em alguns momentos que uma delas se aproximava pela calçada, buscando a chave correta da porta de casa no molho de chaves que carregavam, pela rua não havia barulho algum de ônibus ou carro fazendo com que os passos dos saltos no cimento da calçada não pudessem ser escutados com integridade. E nenhum deles se comparou em altura ao barulho que a mulher fez ao caminhar na noite anterior. Chegou a olhar para o rosto de algumas que usavam saltos, principalmente as de cabelo escuro cujas pontas batiam nos ombros ou passava dos ombros, mas nenhuma delas era de fato a mulher que ele viu. Algumas chegaram a sorrir depois que percebiam que eram observadas de cima a baixo por tantos segundos pelo senhor L., mas ele apenas voltava a olhar para frente e dava um leve sorriso no vazio, que não era destinado a ninguém e muito menos à mulher que ele acabara de olhar; assim como não tinha significado algum, era apenas um sorriso de educação.

Depois de vinte minutos chegou à sua guarita. Escancarou a abertura de ferro e deixou aberta apenas a parte de cima que servia como janela para observar a rua. Acendeu a luz interna e viu baganas de cigarro ao lado de manchas de café sobre o encosto de madeira. Resmungando, pegou as baganas e jogou pela janela. Tentou limpar as manchas, mas elas já estavam secas. Acendeu o primeiro cigarro e expeliu a fumaça para fora da guarita. Um homem passou correndo e entrou no prédio mais próximo. Logo depois desabou uma chuva que cessou em menos de três minutos. Poças grandes se formaram nas calçadas e pingos grandes começaram a escorrer pela abertura da guarita. Os carros e os ferros brilharam. Vapores subiam na direção das redomas de vidro dos postes. As luzes dos apartamentos eram acessas e apagadas. Um carro passou com o farol alto e cegou o senhor L. por alguns segundos antes de passar freando na esquina. Uma árvore começou a balançar no vento frio e inconstante.

Uma hora depois as luzes dos apartamentos começaram a se apagar. As poças secaram e se tornaram manchas sobre a calçada. Os pingos da chuva sobre a lataria dos carros se tornaram vapores cada vez mais fracos na direção das redomas de vidros dos postes. O senhor L. despejou café na tampa da garrafa térmica e acendeu outro cigarro. O vento frio se tornou constante e nenhum barulho era escutado mesmo que as árvores e os portões de ferro dos prédios balançassem.

Talvez na mesma hora ou com uma hora de atraso em relação à noite anterior, os passos da mesma mulher começaram a soar pelas calçadas. Estavam distantes e pareciam procurar o senhor L., como se ela estivesse dando voltas em um local delimitado com o intuito de achá-lo. Novamente o senhor L. apoiou o revólver sobre a abertura enquanto dentro da guarita os sons dos passos pareciam se expandir, permanecendo dentro da guarita e ricocheteando nas paredes no pouco espaço que havia. De repente os passos pararam por alguns segundos e depois voltaram a andar, agora dentro da rua. E a mesma mulher começou a andar pela calçada, ainda oculta pela escuridão, até surgir iluminada pelo poste na esquina mais próxima da guarita. Estava com o mesmo vestido e o mesmo salto vermelho. E como anteriormente, parou e sorriu para o senhor L., que novamente ficou cego pela estranha luz e fechou os olhos, inclinando a cabeça para o chão enquanto coçava as pálpebras. Enquanto tentava recuperar a visão escutou os passos dela se afastando até sumir completamente. Abriu os olhos e não a viu mais. Sentiu o seu coração voltar a bater lentamente, assim como sua respiração.

Recolocou a arma sobre o apoio de madeira e se recostou na parede. Acendeu um cigarro, bebeu mais café, e antes do que imaginou, a noite já havia terminado, como se seis ou sete horas houvessem passado em apenas seis ou sete minutos entre o acender do seu cigarro e a última baforada em direção da rua que começava a ficar iluminada pelo céu azul, coberto por nuvens esparsas que surgiam entre os prédios. O poste mais próximo da guarita começava a apagar quando ele fechou a abertura de ferro. Guardou o cigarro, recolheu as baganas, fechou a garrafa térmica e saiu da guarita.

Enquanto andava pela rua, não conseguia escutar ou prestar atenção ao barulho da água nas chaleiras para o café e muito menos nas camas que rangiam quando as pessoas se levantavam em seus respectivos apartamentos. Lembrava apenas da mulher e escutava apenas o barulho dos seus passos na calçada, como se ela estivesse caminhando sobre sua cabeça ou dentro de seu crânio de forma infinita e definitiva, dando voltas e voltas ao redor de um eixo estreito e limitado. Chegou ao seu apartamento.

Como no dia anterior, dormiu como se não tivesse dormido enquanto o tempo e os relógios pareciam terem sido mudados por alguém que ele não conseguia enxergar ou nem mesmo imaginar dentro do seu apartamento. E antes que esperasse as luzes dos apartamentos vizinhos começaram a ser acesos e já era noite. Pegou os cigarros, o revólver, fez o café e saiu.

No ônibus olhou para o seu rosto refletido nos vidros sujos e se assustou com o que viu. A guarita era a mesma que a da noite anterior. Fez o mesmo percurso a pé depois de saltar no ponto, apenas não olhou para ninguém enquanto caminhava. Observou apenas o chão e seus passos mais rápidos do que nunca ao dividir as poças formadas pela chuva da tarde ao pisar na luz fugaz dos faróis dos carros.

Chegou à guarita e repetiu os mesmos movimentos e baforadas de cigarros e goles de café que esquentaram sua garganta gelada. Apenas modificou os movimentos quando os passos da mulher começaram a soar pelas ruas como um gigante que destruía a cidade inteira apenas com a sua caminhada, tornando todos surdos com o barulho dos seus saltos, tornando todos cegos com a luz que saía do seu sorriso. Ao invés de pegar o revólver e colocar sobre a abertura, o senhor L. fechou a abertura. Apagou o cigarro e tapou os ouvidos quando os passos começaram a ricochetear nas paredes como bigornas, como sinos, como martelos. Percebeu quando os passos começaram a entrar na rua, percebeu o momento em que a mulher parou no mesmo local da noite anterior, percebeu os seus passos que cruzavam a rua e paravam diante da guarita. Escutou sua respiração, escutou o som de sua língua molhando seus lábios. Percebeu que ela começou a andar ao redor da guarita em busca de uma abertura que levasse a vê-lo, enquanto ele permaneceu tapando os ouvidos cada vez com mais força, para evitar que os passos cada vez mais próximos destruíssem sua audição ou estourassem seus tímpanos.

Percebeu que ela deu dez voltas completas ao redor da guarita e que antes de se afastar correndo, pareceu chorar ou gemer encostada na abertura. Era um choro e um gemido baixo e contínuo que ricocheteou dentro da guarita como facas ou lâminas, causando um mal-estar tão grande ao senhor L., que ele pensou em gritar com o resto de força que possuía, para que ela se afastasse, para que ela fosse embora. Mas isso ele não fez porque iria contra sua natureza, porque isso seria uma demonstração de falta de educação. Quando destapou os ouvidos não havia mais barulho algum, apenas um leve zumbido de ferro vibrando no ar parado. Todo seu corpo suava e o cheiro do seu suor parecia de alguém que havia acabado de fugir de um monstro ou de um gigante, um cheiro cheio de medo e desespero. Descerrou a abertura. O ar da noite esfriou seu rosto e depois o vento frio secou o suor. Acendeu um cigarro, bebeu café. A luz de um apartamento do prédio mais próximo acendeu e depois apagou. O vento cessou. Começou a chover. Inclinou um pouco para baixo a abertura devido à força da chuva. Uma trilha de água desceu pela parede e avançou pelo encosto de madeira. Ele desviou o percurso com o dedo e a água não tocou no maço de cigarros. Parou de chover. Abriu completamente a abertura. Acendeu outro cigarro, bebeu mais café. Os carros brilhavam e os vapores subiam na direção das lâmpadas dos postes.

Aquela noite foi a mesma de todas as noites comuns, assim como o barulho das camas e das chaleiras pelos apartamentos enquanto retornava para casa pela manhã. Jogou fora o maço de cigarros vazio em uma lixeira. Pegou o ônibus. Evitou seu rosto refletido nos vidros das janelas. Entrou no apartamento, tomou um banho e se deitou com o corpo virado para a claridade da janela. Dormiu até às cinco horas da tarde, quando seu relógio tocou o despertador. Fez café, pegou o novo maço de cigarros, apagou as luzes. No ônibus olhou para seu rosto e ele parecia novo, como se tivesse rejuvenescido cinco anos. A guarita era a mesma guarita onde a mulher havia surgido pela primeira vez, mas ao contrário das noites anteriores, ela não apareceu. Perto da meia-noite o senhor L. escutou um grito baixo cheio de desespero percorrer a rua como se estivesse saindo por debaixo do chão, um grito abafado, mas bem nítido, um grito de mulher e não de uma adolescente ou de uma menina. Ficou alerta e pegou o revólver. O grito não se repetiu. Colocou o revólver sobre a armação de madeira. Acendeu outro cigarro. Próximo das duas da manhã escutou passos baixos pela rua e ficou observando pela abertura. Ninguém apareceu e depois o barulho cessou.

Assim como o barulho da mulher próximo da guarita, o barulho dos passos da mulher ao atravessar a praça onde ele e o senhor M. estavam, cessava lentamente enquanto ela sumia próximo das árvores na entrada do parque. Por algum motivo o senhor L. se sentiu melhor ao se lembrar desse fato e voltou a respirar normalmente. Não havia descoberto o que poderia fazer para possivelmente controlar o seu desespero ao longo daquele dia, ou qual atitude seria mais correta para modificar uma possível falta de controle da sua parte para todos os dias que ainda restavam na sua vida, mas começou a se sentir melhor quando se lembrou daquele fato. Já sabia o que fazer caso tivesse um ataque de gargalhadas como o que tivera. Talvez não funcionasse, mas ele não tinha muita escolha. Bastava se lembrar do seu passado, quando o seu corpo ainda não estava em declínio, quando tudo ainda tinha uma forma uniforme e precisa.

Olhou para o lado e viu o rosto sonhador do senhor M. na direção do parque. Parecia que sonhava, o seu rosto não fazia um movimento e seus olhos ficaram sem piscar por vários segundos. Pensou em se mexer no banco para demonstrar para ele que estava melhor do mal-estar e do ataque nervoso que havia sentido, mas desistiu e apenas respirou mais fundo. Uma folha morta caiu sobre sua perna e deslizou por seu joelho até chegar ao chão. Rodou mais algumas vezes sobre o próprio eixo, próxima de uma poça, e parou somente quando o vento também cessou. O senhor L. sorriu.

6.

O senhor M. parou de pensar no senhor L. quando a mulher começou a atravessar a praça em direção ao parque, onde ele gostaria de levar o senhor L. para se recuperar e não conseguiu. Antes mesmo de ver o seu rosto e perceber que, de fato, ela não poderia ser a primeira mulher que amou e odiou na sua vida, envelhecida como ele e perdida no tempo; os passos dessa mulher pela praça lhe fez lembrar o exato local onde conheceu o primeiro amor da sua vida e todos os antecedentes que o levaram até o local onde essa mulher vivia.

Mas ao tentar lembrar com exatidão dos antecedentes, tudo se tornou vago, cheio de sombras e lacunas, onde nenhum rosto ou nome era lembrado e apenas a mulher se tornou visível, junto com alguns pequenos detalhes que lhe cercavam.

Existiu antes dela a entrada em um navio gigantesco no porto do seu país, o maior porto do mundo, onde milhares de barcos haviam rumado a partir das águas daquela enseada para conquistar o mundo. Em pé, na proa ou na popa, o senhor M. sentiu o cheiro de sangue que emanava no ar, o sangue trazido e impregnado no tempo de todos que foram mortos ao redor das quilhas de embarcações que não existiam mais ou das que ainda estavam ali, ao redor do navio em que ele agora estava, navios que formavam uma parede de concreto e aço até a linha do horizonte, além da linha do horizonte, em perfeita precisão como tudo que era feito no seu país em benefício da conquista do que lhes pertenciam e estavam em mãos erradas, sempre em mãos erradas.

Observou o navio girar no pouco espaço que tinha entre os outros navios no momento de partida. Observou o avanço da quilha no mar imóvel, como se as águas também estivessem sob controle para que não oscilassem enquanto o navio avançasse e saísse da enseada em direção ao leste, coberto por névoas que agora cobriam todo o espaço. Observou a escuridão da noite sem estrelas lhe cobrir, sendo que nem por um segundo existiu alguém em toda a tripulação que desse um grito de desespero, sem que nem um pedaço de todo o ferro e aço do navio, que flutuava sobre a água como uma pluma no ar, rangesse ou estalasse devido às intempéries do tempo cada vez mais frio. Permaneceu na popa ou proa até o momento em que não aguentou mais e nenhuma nova beleza poderia ser contemplada. Caminhou pelo interior do navio em busca de sua cama, dormindo com lágrimas nos olhos pela felicidade.

Quando acordou, o navio estava ancorado em um porto de um país distante, bem longe do seu continente. Ao longo de cinco dias o navio atravessou milhares de milhas que outro navio pertencente a qualquer outro país demoraria no mínimo duas semanas. Escorado na proa, ainda com sono, o senhor M. viu uma floresta fechada até o fim da costa, águas escuras que formavam espumas amarelas e pegajosas, fogos na direção do céu limpo e cercado pelo pôr do sol depois de explosões abafadas e distantes, enquanto aviões voavam baixo o suficiente para tocar nas copas das árvores. Viu também a sua gente avançando em barcos por rios escuros cheios de curvas e sumindo depois de alguns metros, completamente cobertos pelas árvores que balançavam no vento quente e sutil. Escutou alguém gritar o seu nome, alguém que ele não soube definir se conhecia ou não, se devia obediência ou não, mandando que ele pegasse as suas coisas o mais rápido possível pois, dentro de instantes, iria pilotar um dos barcos que rumava pelo rio adentro.

O solo era quente, o ar praticamente não existia e mosquitos atingiam seu rosto enquanto andava e depois esperava na cabine do barco todos os soldados que ele iria conduzir. Com todos os soldados a postos, ele recebeu o mapa com o percurso do rio até onde ele avançaria e o local exato onde iria deixar os soldados. Manejou o barco na água turva e espessa, formou ondas, a proa subia e descia sobre a água devido às ondas que batiam nas margens e voltavam para o barco com mais força. Os soldados soltavam gritos de alegria. Acelerou o barco e avançou na quase escuridão da mata durante a noite e apenas um pequeno holofote sobre a lona que cobria o leme iluminava o rio e as suas margens, os galhos e os troncos das árvores mais próximas que caíam nas águas e boiavam lentamente de um lado para o outro, fazendo com que ele tivesse que diminuir a velocidade e andasse em ziguezague por várias horas.

Durante a noite havia os vaga-lumes e os animais que voam ou estavam nas margens ou até mesmo dentro dos rios. Esses animais só eram visíveis quando faziam algum barulho ou então quando os seus olhos brilhavam no momento em que o barco virava de um lado para outro para que não batesse nos troncos e o holofote iluminava o lado em que a proa se inclinava. Nas margens, no ar ou na linha d'água, olhos brilhavam e às vezes o senhor M. se perguntava se os olhos que estavam imóveis na margem, em uma altura considerável acima do chão e entre as árvores, eram humanos ou não. Na verdade, até mesmo os olhos que brilhavam no ar e dentro da água lhe pareciam olhos humanos, e não de qualquer outro animal. Olhos ferozes, mesmo que estivesse cercado de escuridão, onde nenhum traço de monstruosidade era visível, a não ser pupilas e duas esferas amarelas ou verdes, grandes ou pequenas.

Durante o dia esses olhos sumiam e os homens no barco, com as metralhadoras fixadas na popa, atiravam contra as duas margens sem cessar. Enquanto o senhor M. manejava o barco que não poderia parar em lugar algum, por que nenhum lugar era seguro além do ponto final, ele escutava gritos de dor vindos das margens, gritos que tanto poderiam ser humanos ou não, além dos gritos e uivos de alegria dos soldados, dos cartuchos das balas deflagradas tocando a popa, dos coturnos riscando o casco de plástico do barco como se todos tivessem dançando uma dança perfeita que durava todo o dia, do amanhecer ao entardecer.

Depois de três dias sem praticamente dormir, apenas tirando um cochilo de quinze minutos depois de comer a sua ração, e mandado que os soldados não mexessem no leme e nem se aproximassem da cabine, finalmente avistou depois de uma curva de quase quinze metros o porto marcado no mapa.

A partir desse ponto, a memória do senhor M. se torna mais precisa, mesmo que ainda com algumas lacunas.

Logo ao lado do porto, que nada mais era do que um ancoradouro para pequenos barcos ou canoas, se erguia um galpão de zinco e madeira, com oito ou nove casas pequenas de adobe. Cruzando tudo isso havia uma rua estreita de terra, onde poucas pessoas, quinze ou vinte, que pareciam estar bêbadas, andavam de um lado para o outro, talvez carregando o que tanto poderia ser garrafas de bebidas como pistolas ou revólveres ou facas ou pedaços de madeiras em suas mãos. E ao redor do que seria essa pequena vila, havia serras e montanhas cobertas por uma floresta fechada.

A ordem que foi dada para o senhor M. era esperar um novo barco e novos soldados que chegariam entre duas ou três semanas. Com a chegada desse novo contingente ele deveria voltar para a costa, levando da vila o que fosse ordenado, que incluía tantos soldados ou prisioneiros ou qualquer outra coisa.

Mas para o azar e ao mesmo tempo sorte, o novo barco só chegaria um mês depois, e o senhor M. quando partisse, não levaria nada além da constatação de que o mundo estava definhando e que sua vontade pelos seus objetivos crescia a cada nova curva que fazia pelo rio em direção à costa. A partir daquela missão só haveria destruição na sua vida, ou seja, a única forma possível que encontraria para interagir com as pessoas. Além, é claro, de cinismo e ironia para enfrentar a realidade alheia e a própria, onde sempre faltava algo que não poderia ser concretizado em época alguma.

Ao longo daquele mês o senhor M. ficaria em uma das casas de adobe. Havia apenas uma cama e uma mesa pequena. As refeições deveriam ser feitas no galpão, assim como o banheiro também ficava ali.

Depois de caminhar um pouco pela vila e confirmar como ela era escassa até de pessoas, voltou para a casa caminhando na escuridão e sentindo o cheiro de terra molhada lhe envolver o rosto. Um sereno pegajoso soprava no vento frio. Alguém gritou de uma casa que havia atrás da sua. A casa estava próxima do início da floresta e das montanhas. A luz de um candeeiro formava sombras pela parede. Pareciam animais agrupados se contorcendo como se estivessem sofrendo em conjunto, emoldurados pela abertura pequena da janela. Pensou em se aproximar e olhar melhor, mas o longo caminho aberto na mata estava completamente às escuras. Esperou mais um pouco por outro grito e ele não surgiu, apenas as sombras continuaram se movendo pela parede. Olhou para cima da casa com displicência e viu as copas das árvores balançando em silêncio ao longo das montanhas.

Entrou na sua casa, procurou a cama no escuro e dormiu com a luz fraca do céu estrelado que entrava pela janela aberta.

Ao acordar pela manhã descobriu o que havia na casa das sombras. Viu um dos soldados saindo pela porta e caminhando, como se fechasse a porta de madeira e caminhasse por entre o mato ralo e bem cuidado do caminho de sua própria casa com um estranho sorriso no rosto, como se tivesse vivido naquele instante uma grande alegria que não poderia ser definida. Quando o soldado passou por ele, o senhor M. ainda viu seus olhos e sua pele brilhando.

Atravessou o caminho e chegou até a casa. Olhou para trás e percebeu como o caminho parecia curto do ponto em que estava antes, ou seja, ao lado de sua casa, mas na verdade era bem extenso e deixava a casa bem afastada do restante da vila. Chegou à porta de madeira e olhou mais uma vez para trás, vendo a casa em que dormiu quase sumindo na claridade intensa do dia. Entrou na casa. Atravessou a sala extensa e reta onde não havia cômodo algum, apenas um tapete velho no chão. Desceu alguns degraus e avançou por mais dez metros em um corredor. Enquanto caminhava estranhou que a casa fosse tão grande. Na noite anterior e antes de entrar pela porta, a poucos segundos ela parecia pequena, quase do mesmo tamanho que a sua, mas ao contrário, ela era imensa e parecia se expandir enquanto ele caminhava. Terminou o corredor e entrou em uma espécie de cozinha e lavanderia aglutinadas, com objetos de ambas espalhadas pelo chão e pelas paredes: pratos, panelas, uma mesa de madeira com dez cadeiras, uma pia para lavar roupa, vassouras, peças de roupas dobradas sobre uma tábua de madeira. O cômodo era largo e comprido. Lenha queimava em um fogão de barro e uma panela soltava longos vapores na direção do teto alto. Saiu desse cômodo e entrou em outro corredor. Chegou a um pátio aberto onde havia uma árvore bem no centro. Ao redor da árvore havia apenas o chão de cimento e as paredes cobertas de umidade. No fundo do pátio havia uma casinha minúscula que parecia ser o último cômodo da casa. Atrás da casinha havia uma parede alta e depois a montanha coberta pela floresta. No alto da montanha, as nuvens se espalhavam por entre os galhos e o topo de algumas árvores.

Bateu na porta de madeira e ninguém respondeu. Entrou. Logo com o primeiro passo na escuridão sentiu o cheiro da mulher como se ocupasse todo o ar presente no interior da casa. Acostumou os olhos e viu a silhueta de uma cama encostada à parede e alguém que se movia sobre ela. Viu pernas se movendo lentamente, formando um arco que se abria de cima para baixo. Escutou uma voz rouca e feminina. Deu dois passos e sentiu os joelhos tocar a beirada da cama. Dois olhos verdes e imensos piscaram, brilhando mesmo no quase escuro que lhe cercava. O cheiro se intensificou, um cheiro forte que o deixou excitado como nunca havia ficado antes. Sentiu mãos deslizarem sobre a sua cabeça, sentiu duas pernas sobre os seus ombros, pés tocarem a sua cintura. Todo o seu rosto se envolveu pelo cheiro. Escutou um gemido, enxergou olhos que piscavam e brilhavam. Sentiu cabelos crespos entre os seus dedos. Sentiu o seu coração parar por um segundo e depois retornar quase sem força, quase parando totalmente. Respirou o ar impregnado, fechou os olhos e dormiu. Quando acordou novamente e tudo se repetiu com a mulher, pensou que havia sonhado, mas tinha certeza que isso não havia acontecido. Escutou gritos vindos de fora da casinha, o estouro de algo, pessoas que corriam e gritavam como se estivessem lutando ao lado da porta. Adormeceu novamente. Acordou e escutou marchas que faziam o chão tremer, o barulho de árvores tombando sobre árvores, o cheiro de fumaça, tiros de fuzil e metralhadoras, cantos de bêbados. Adormeceu novamente. Acordou e não escutou mais nada, nenhum barulho, nem mesmo o vento soprava e tudo parecia ter se estagnado dentro e para além da casa. Acordou com a voz da mulher. Foi erguido como um bebê da cama. Pelo menos foi assim que se sentiu diante dos braços que o ergueram, o vestiram e o empurraram delicadamente para fora da casa. A claridade da manhã lhe cegou parcialmente e tateando as paredes ele conseguiu sair da casa. Avançou pelo caminho aberto na mata e chegou à sua casa de adobe. Alisou o rosto e sentiu a sua barba grande. Caiu exausto sobre a cama e voltou a dormir.

Quando acordou no dia seguinte, viu o seu rosto refletido sobre um tacho de água e lhe pareceu que não havia dormido por três ou quatro dias. Estava com olheiras fundas, a barba grande por fazer. Lavou o rosto e voltou a se sentar na cama. Era noite e as estrelas formavam um quadrado de luz sobre o chão da casa. Saiu. Olhou para a casa da mulher e viu novamente as sombras disformes e animalescas projetadas na parede da sala. O caminho parecia ter se encurtado, como se a sua casa ou a casa da mulher houvesse avançado pelo solo. Riu. Sentiu sono novamente e dores por todo o corpo. Voltou para dentro da casa e deitou na cama. Em menos de cinco segundos dormiu completamente.

E continuou acordando e dormindo pelos próximos vinte dias. Quando acordava já era noite. As suas refeições, que ele deveria fazer no galpão, estavam sobre a mesinha.

Não se lembra de ter dado essa ordem, e nem sabia se tinha poder para estabelecer essa ordem. Estranhamente, não se sentia constrangido por estar possivelmente recebendo esse serviço. Talvez vinte dias atrás ele se sentisse completamente culpado.

Basicamente nesses vinte dias ele apenas acordava, lavava o rosto no tacho e via o quanto o seu rosto a cada dia que passava se modificava e lhe era cada vez mais estranho. Comia a comida sem muita vontade e, próximo de terminar, já sentia sonolência. Saía da casa se arrastando e via as sombras se movendo pela parede da sala na casa da mulher. Sentia novamente muito sono, se virava sem olhar para o restante da vila e retornava para dentro da casa. Em menos de dez segundos voltava a dormir completamente, como se não houvesse dormido por vinte e quatro horas seguidas.

No vigésimo primeiro dia ele conseguiu acordar depois de doze horas. Não sentia fome. Apenas acordou e ficou com os olhos abertos olhando para o teto. Depois levantou e saiu da casa. Talvez fosse meio-dia, duas horas ou cinco horas da tarde. Ficou olhando por alguns minutos para a casa que parecia ter, de fato, se aproximado cada vez mais da sua casa e consequentemente se afastado da montanha. Riu de tamanha insanidade e continuou olhando a casa. Conseguiu resistir à tentação de procurar a mulher e se virou. Começou a andar pela estrada de terra e viu o que já havia visto desde o primeiro dia: os soldados bêbados ou deitados em redes, o ar quente e abafado, o vento rasteiro que erguia a terra seca e formava pequenos torvelinhos, barulhos vindos do galpão, gritos vindos das casas de adobe, gemidos vindos de uma casa onde possivelmente estavam os prisioneiros.

Um jato cruzou o céu como se voasse em câmera lenta de uma montanha para outra que, juntas com a abóboda celeste, formavam um enquadramento perfeito. Na verdade não havia nada. Era apenas estagnação e repetição, com leves variações que não mudavam nada. Caminhou até o rio. O seu barco balançava nas águas escuras recoberto por uma camada de terra e algumas folhas mortas que pesavam sobre a lona. Não havia nada. Sentou-se na margem e retirou suas botas. Colocou as pernas dentro da água e ficou observando o surgimento de arcos e torvelinhos na linha da água. Sem desejar e de forma involuntária, o que lhe assustou um pouco, pensou como seria se afogar naquelas águas e ser arrastado rio adentro até sumir no nada de uma das suas curvas, seu corpo preso e definhando entre raízes de uma árvore em uma margem, até restar apenas seus ossos que afundariam e seriam lentamente recobertos pela lama do leito do rio ao longo dos anos. Viu sua caveira e parte da clavícula sendo cobertas. A caveira ainda tinha restos de pele, carne e cabelo, assim como o restante da sua língua balançava no interior escuro da sua boca. A clavícula estava completamente exposta: nenhum traço de pele ou carne, apenas o osso alvo recoberto por uma camada de areia. Estranhamente parecia que a sua caveira sorria, quando por um movimento das águas, o crânio se virou e pareceu contemplá-lo, olhando diretamente para o seu rosto. Depois o crânio foi novamente empurrado pela água e voltou para a posição que estava antes. O senhor M. só voltou à realidade quando viu que escurecia e seria melhor retornar para a sua casa. Saiu do rio. As luzes do galpão estavam acessas e um cheiro de comida gordurosa se espalhava. Ficou levemente enjoado e apressou o passo o máximo que pôde. Chegou à sua casa e olhou novamente para a casa da mulher. Não havia sombras pela parede, mas a sala estava iluminada. Deitou-se na cama. Ficou um bom tempo olhando para o teto lembrando novamente da sua alucinação, até dormir.

Acordou no dia seguinte pela manhã e se sentou nas margens do rio como no dia anterior. Não teve a mesma alucinação e ficou apenas olhando para o fluxo da água na corrente: às vezes caudaloso, às vezes bem fraco, quase imperceptível. O seu barco oscilava e parecia querer se libertar do ancoradouro. Mesmo no momento da corrente mais fraca, quando a água parecia que não se movia e estava completamente parada, o casco subia e descia, a popa e a proa batiam na margem, a corda que o prendia se retesava e folgava no mesmo instante. Ficou na água até escurecer e retornou para casa.

Nos próximos sete dias fez a mesma coisa. Acordava e comia a comida deixada sobre a mesinha, caminhava até o rio, ficando às manhãs e às tardes inteiras com as pernas dentro da água. Às vezes caminhava um pouco pela margem, até um ponto onde era possível andar e as águas não invadiam, mas depois retornava. Não voltou a ter a mesma alucinação com o seu esqueleto no fundo do rio. Não falava com ninguém, a não ser que o cumprimentassem. Não se lembra de ter visto ou escutado nada de anormal durante aqueles dias em que esteve acordado. Talvez alguém tenha gritado de dor, talvez alguém tenha pedido sua ajuda, talvez alguém tenha levado um tiro, mas ele não tem certeza de nada. Às vezes se lembrava da mulher, mas sempre que voltava pela noite e via as sombras pela parede da sala se sentia enjoado e entrava levemente zonzo na sua casa.

No trigésimo dia, enquanto caminhava na direção do rio, apareceu o comandante que lhe havia dado o mapa e as coordenadas até o ponto correto. Mandou que ele arrumasse suas coisas. Dentro de duas horas devia retornar pelo rio. Não levaria nada e nem ninguém, apenas o barco. O senhor M. esboçou um sorriso e disse "muito obrigado". Acompanhou a sombra do comandante deslizar pelo chão de terra até ele entrar no galpão. Olhou para o lado do rio e viu um novo barco que chegava junto com novos soldados que dormiriam nas casas de adobe, completamente estagnados pelo nada que lhes cercariam. Talvez tivessem alucinações e se perdessem.

Partiu logo depois de fechar a sua casa. Alguém gritou o seu nome, mas ele não se virou. Retirou as folhas que pesavam na lona da popa, jogou água do rio sobre o casco, rasgou com as mãos a corda quase podre que segurava o barco à margem. Em menos de dois dias chegou à costa. O navio lhe esperava. Na proa se debruçou na murada e viu o continente diminuindo cada vez mais rápido como uma mancha infinita, uma mancha apenas, assim como a mulher que sumia por entre as árvores do parque. O senhor M. olhou para o lado e viu o senhor L. com uma expressão tranquila, como se tivesse encontrado um pensamento que o acalmou de uma forma ou de outra. Olhou para o céu e viu o exato instante em que o sol chegava ao centro. Em segundos, os sinos da cidade começaram a soar e o senhor L. despertou. Olhou para o senhor M. e sorriu. O senhor M. bateu em seus ombros e também sorriu.

– A vida segue, não é mesmo?

– Hum, hum...

– Vamos atravessar esse parque e essas árvores como fantasmas e procurarmos um lugar para almoçar?

– Mas já não almoçamos?

– Ora essa, mas é claro que não.

– Então, vamos almoçar.

O senhor M. levantou primeiro e ajudou o senhor L. a se erguer, que ainda parecia levemente tonto, mas o suficiente recuperado para andar sozinho. Quando alcançaram o parque, os sinos pararam de tocar e o sol se moveu. Avançaram rapidamente.

Rubra tarde veloz

I.

Escorregando no primeiro ladrilho do banheiro, coberto por uma leve camada de urina bem amarela, o senhor L. recobrou os seus últimos trinta anos de existência. Primeiro lembrou todos esses anos na sua totalidade e na velocidade de três segundos. Depois, cenas mais dispersas desses mesmos anos foram recordadas com extremos detalhes por cerca das cinco horas em que ele ficou sentado no vaso sanitário de número dois do restaurante ***** ***** ** **** *****. Uma vida inteira em apenas cinco horas, como se tudo que fosse supérfluo e vazio. As horas que passam durante o trabalho, o tempo que se dorme e não é possível recordar dos sonhos quando se acorda. O tempo que se alimenta e apenas se pensa na degustação da comida, o tempo que se lava e penteia os cabelos. O tempo em que se caminha de um ponto ao outro da cidade embaixo da chuva, do sol ou entre ventos fortes ou fracos. O tempo em que se contempla algo diante de si sem sentir ou pensar em nada: seja uma pessoa, um objeto ou um evento da natureza como a sombra de um prédio alto escurecendo uma rua inteira, como se ali o sol não pudesse tocar ou chegar nunca, escurecendo a existência das pessoas que viviam ali. O tempo em que se executa um trabalho e não há mais nada além do trabalho: nenhuma gratificação, nenhum prazer, nenhuma felicidade, apenas o cumprimento de uma obrigação para consigo mesmo e para com a sociedade. Todo esse tempo vazio e oco que permeia a existência de qualquer pessoa simplesmente some quando a pessoa já está próxima da morte e recorda de sua vida, deixando na sua memória apenas o que realmente importa e o que apenas teve valor, mesmo que esse valor e importância sejam de apenas alguns segundos, mesmo que seja algo ruim e que deveria ser esquecido.

Talvez não, com certeza, o senhor L. logo no primeiro minuto em que recordou sua vida, começou a partir da mulher que o perseguia na guarita. E o que aconteceu a partir daquele ponto? Quantos anos eu tinha naquele momento? Pensou enquanto olhava para rabiscos obscenos e números de telefones espalhados pela porta do banheiro. "Talvez trinta anos, talvez quarenta, talvez quarenta e cinco". Abaixou a cabeça e ficou olhando para os ladrilhos verdes e negros recobertos parcialmente por manchas brancas de desinfetantes e água sanitária, que formavam figuras, desenhos ou rostos como as nuvens formavam caso alguém as olhasse por muito tempo em um dia ensolarado.

"Talvez não, com certeza, depois daquela mulher eu fiquei dez anos naquele apartamento. Assim como também continuei nesses dez anos trabalhando como guarda noturno dentro de guaritas. Estupidez. Nenhuma ação, nenhum tiro, nenhum vagabundo morto pelas minhas mãos que tanto desejavam estrangular e sangrar qualquer um que atrapalhasse a ordem estabelecida, a ordem perfeita da noite, mesmo que esse vagabundo fosse um vagabundo nascido e criado no meu país. Dez anos em que apenas bebi café e me entupi de cigarros para ficar acordado e contemplar a noite, as luzes se apagando pelos apartamentos, as chuvas e os vapores rumo ao céu sendo iluminados pelas luzes esmaecidas dos postes. O nada, o completo nada se repetindo noite após noite, enquanto dormia durante o dia e via o mesmo céu recoberto por nuvens compactas antes de adormecer e sonhar com o mesmo sonho de sempre, o mesmo pesadelo que sempre esqueço assim que acordo. Um sonho/pesadelo. Estou tão cansado... que dia terrível... quantas lembranças sórdidas surgindo do nada sem que eu tenha controle algum. Surgem e me levam, como se tivessem vida própria, como se me controlassem. Com certeza algum estrangeiro. Sim, tenho certeza que isso tem a ver com algum deles. Talvez tenham colocado algo no meu café logo pela manhã quando eu e o senhor M. sentamos naquela cafeteria. Os sórdidos estrangeiros estão até mesmo dentro das nossas cafeterias, sem dúvida alguma. Colocam veneno ou alucinógenos dentro de nossas bebidas para que percamos a noção do espaço e do tempo, para que percamos a noção do que é a nossa identidade e assim aceitemos a falta de identidade que emana deles como um vírus, como lepra, como uma doença terrível e contagiosa. A falta de nacionalismo, a falta de uma pátria, a falta de uma família, a falta de ancestrais. Lixo, lixo e lixo. Tenho certeza que aquela bela mulher pela qual me apaixonei, somente por escutar a força dos seus passos na calçada, era uma estrangeira. Ainda me cegou com o sorriso mais bonito que vi ao longo da minha vida, e duvido que veja outro sorriso tão bonito em outra mulher nos dias que me restam. Até hoje me lembro como se fosse ontem do seu cabelo, das suas pernas, dos seus lábios, da sua pele e dos seus olhos negros como se eles fossem maiores e mais vastos que todas as noites do mundo, mais negros que todas as noites do mundo. E como eles eram fascinantes, e como eles eram terríveis. Quase me deixou surdo, quase me levou com ela, quase me destruiu. E se eu fosse com ela, onde eu estaria hoje? O que estaria fazendo? O que seria da minha alma e consciência? Teria filhos com deficiência mental ou física, isso sim. Seria um porco. Seria feliz, com toda certeza, mas seria um cão: sem honra, sem caráter. Meu sangue misturado com o de uma linda estrangeira, a mulher mais linda do mundo. Estupidez. Burrice. E logo depois dela e por cerca de dez anos permaneci em guaritas, vigiando o nada, formando o nada, até que surgiu finalmente a promoção e elevação de posto. Agora eu seria guarda andarilho, aqueles que vigiam certo perímetro de ruas e avenidas em constante movimento. Não entendi por que não ofereciam esse posto para os mais jovens. Andar por cerca de sete horas exige muito mais de uma pessoa do que ficar doze horas dentro de uma guarita. Senti imenso cansaço nos dois ou três primeiros anos, mas depois me acostumei. Estava preparado para qualquer coisa, nada me abalava ou atingia. Pelo menos era isso que eu pensava naquela época. Somos tão frágeis, tão perdidos. Imaginamos que temos controle de tudo que pensamos e fazemos que não conseguimos enxergar, escutar e perceber que tudo está em decomposição ao nosso redor, inclusive nossas próprias ações. Cada passo, cada movimento, cada gesto, cada direção. Logo na primeira noite, estranhando ter que trabalhar andando e poder ver milhares de coisas vivas ou sem vida enquanto caminhava, me apaixonei novamente por outra mulher. Na verdade, me apaixonei por uma sombra feminina; e não somente por essa sombra, mas por milhares de sombras de mulheres que via a partir das salas de estar e quartos de casas ou apartamentos enquanto caminhava. Vinte ou trinta anos me apaixonando e me afastando de sombras que começavam a me desagradar: engordavam, pareciam mais flácidas ou mais curvadas com o decorrer dos anos. Os cabelos antes longos eram cortados, os seios antes rígidos chegavam até a barriga. As pernas antes fortes e vigorosas se arrastavam e formavam sombras terríveis que se desenhavam pelas cortinas ou paredes ou se projetavam até mesmo na rua, sobre os postes ou latas de lixo ou sobre os capôs dos carros. Nenhuma delas eu toquei, porque nenhuma delas poderia me pertencer. Todas tinham donos, ou seja, respectivas sombras masculinas que sempre estavam próximas: maridos, amantes e namorados que envelheciam junto com elas ou estavam tão envelhecidos como elas. Mas uma noite eu conheci uma mulher. Estava em um bar. A conheci e permiti uma aproximação. Transamos. Tive um filho com ela, vivi com ela, dividimos o mesmo apartamento. Até que um caminhão passa por cima dela e da criança. Lembro vagamente do enterro. Acho que chovia. Acho que ventava. Havia folhas mortas e amareladas pelo chão gramado. Lembro com carinho do cheiro dela, da criança não me lembro de nada. Acho que nem tinha dentes quando morreu. Acho que o motorista que os matou era estrangeiro. Na verdade, tenho certeza. Bom, isso não é de fato importante. Ainda estava apaixonado pelas sombras das mulheres quando trabalhava. Isso que dizer que eu não amava a minha esposa? Talvez, acho que sim. Quanta merda na minha cabeça, quanta porcaria, meu Deus do céu. E a humilhação que passei? Um dia me chamaram no quartel central. Há anos não entrava lá. Não gostava dos meus companheiros de trabalho, apesar de que sempre que os encontrava os tratava com respeito e eles também me tratavam do mesmo modo. Bom, eu fingia. Acho que eles fingiam também. Na verdade, tenho certeza. Pois bem, me chamaram para me apresentar no quartel. Pensei em uma nova promoção, pensei em uma diminuição de horário de trabalho (coisa que me desagradava e graças a Deus não aconteceu), pensava em um monte de vantagens estúpidas (aliás, bem do meu feitio) e desnecessárias, já que não tinha mais esposa ou uma criança para criar. Na sala do diretor e oficial geral eu fui chamado à atenção sobre o fato de que meus olhos vigiavam mais as sombras das casas do que as sombras que se espreitam e avançam intermináveis pela noite da nossa cidade. Suei frio, engoli seco, disse com uma voz sóbria e fria que não entendia nada do que ele havia acabado de falar, o que fez com que o oficial acreditasse em mim. Na verdade, ele não se explicou com mais afinco, e eu também não fingi mais. Talvez ele fizesse a mesma coisa quando caminhava e vigiava as ruas. O que ele quis dizer com sua indireta era que eu deveria tomar mais cuidado. O oficial, como eu e todo mundo, também devia se apaixonar por algo impossível. Ou sem sentido. Tanto faz. Apenas sei que a partir daquele dia fui mais discreto. Apesar de que logo em seguida aconteceu algo mais importante, algo mais terrível e que de fato modificou a minha vida. Como eu posso esquecer aquela noite? Noite estúpida. Na verdade, noites estúpidas. Uma atrás da outra, em sequência, como se programadas por alguém. O destino? Que piada. Nós fazemos o nosso destino com as nossas escolhas. E tudo ocorreu como talvez eu sempre quisesse que se realizasse. Os fatos ocorreram em sequência, sem que eu fizesse qualquer coisa para que eles ocorressem, ele se construiu. Talvez o nome disso seja sorte. Porque azar não foi. Ou foi. Estou em dúvida. Não sei. Apenas sei que tudo começou com aquela estrangeira, a primeira e última. Uma estrangeira. Por que eu fiz aquilo? Por quê!? Talvez um desvio de conduta, uma fraqueza. A solidão que devora todas sem a menor misericórdia. Não sou uma máquina. Simplesmente aconteceu. Que lixo. E o mais estranho é que lembro e penso sobre todas essas coisas como que estivesse falando com alguém, como se desabafasse com alguém. Será que alguém me escuta? Mas como alguém poderia me escutar se eu estou apenas pensando!? Que burrice... estou no fim, estou afundando... quanto cansaço e desejo de morte. Quanta impotência. Mas naquela época eu não estava impotente. Muito pelo contrário. Depois de anos de desejos por meras sombras. Tenho certeza que a doença que agora destrói meu corpo veio dela, veio somente dela. Assim como o meu presente também surgiu a partir dela. Não me lembro do seu rosto, nem lembro direito do seu corpo, mas lembro com perfeição do quarto abafado e pequeno com uma cama baixa e cheia encostada em um dos cantos da parede. Lembro da luz esmaecida e da sombra que projetávamos eu e ela pela parede. Lembro de como quase desfalecemos quando tudo terminou. Lembro que ela sorria e eu estranhamente também sorria. Possivelmente nesse momento peguei a sua doença, a doença que não tem cura e que eu só descobri recentemente. Estou morrendo e a culpa é dela. Depois de alguns minutos em que ficamos em total silêncio, ela tentando ver o meu rosto e eu tentando ver o dela sem conseguirmos, adormecemos abraçados, ambos sentindo a respiração do outro. Quando acordei, simplesmente me vesti e saí do quarto, sem pensar em mais nada. Caminhei por um corredor estreito e fedendo a naftalina, passei por uma sala ampla onde havia um bar e algumas pessoas bebiam; saí pela porta da frente e machuquei meus olhos com a claridade da manhã. Com os olhos semicerrados caminhei dez passos pela rua até receber o primeiro golpe de bastão na cabeça. Caí, fiquei surdo, senti o sangue escorrer pela minha nuca. Girei o corpo. Tentei enxergar e não consegui; sombras se moviam rápidas ao meu redor. Recuperei a audição e escutei gritos em uma língua que não conhecia: uma língua estrangeira. Ergui um pouco o corpo do chão e quase fiquei sentado. Tentei enxergar, mas a claridade me cegou completamente. Recebi mais uma pancada na cabeça, bem no nariz, de baixo para cima, meu rosto subiu e minha cabeça pareceu que iria se soltar do pescoço. Senti um ardor na garganta e caí no chão. Coloquei os braços diante do rosto. Sentia meu sangue se esvair enquanto os bastões atingiam os meus braços e gritos se misturavam com o barulho crescente e salvador de sirenes ainda em ruas distantes, mas cada vez mais próximas. Desmaiei quando os passos dos agressores se afastaram e os passos dos meus companheiros pararam diante de mim. Quando acordei já estava no hospital. A primeira coisa que vi assim que abri os olhos foi uma parede branca. Voltei a desmaiar. Quando acordei novamente vi apenas a parede branca. Fiquei no hospital por cerca de quarenta dias. Ao contrário do que esperava, não tive grandes sequelas e o meu rosto ficou apenas com uma leve cicatriz na testa. Recebia visitas de policiais que me perguntavam se eu me lembrava de alguém ou por que eu fora atacado daquele jeito. Outros me informavam que as buscas continuariam até todos serem encontrados. Quando saí do hospital, as buscas já haviam acabado e ninguém fora preso. Todos sumiram, me diziam, todos evaporaram. Tive a estupidez de perguntar se as buscas não iriam continuar e o inspetor oficial me informou novamente com um sorriso escroto no rosto: eles sumiram, meu caro senhor L., eles evaporaram. Bati continência e saí da sala sem replicar qualquer coisa. Dei meu sangue por aquela instituição durante anos e anos: sem nunca faltar mesmo quando doente, sem nunca errar mesmo quando todas as possibilidades de que eu errasse eram infinitas. E eles, no final das contas, me trataram daquela maneira tão sórdida e infame, como se eu não fosse ninguém, como se tudo que eu havia feito não representasse nada. Um lixo. Um entulho. Um lixo e um entulho necessários e eficientes. Mas mesmo assim voltei para o trabalho. Não havia outra coisa para fazer. Vigiar a cidade se tornou meu desejo e destino. Eu era aquilo e lamento, hoje em dia, não poder mais o ser. O que eu faço hoje em dia? Nada. E por que não faço nada? Porque não sei fazer mais nada além de vigiar e controlar as ruas. É simples, tudo é muito simples. Tornei-me meu trabalho e nada mais. Agora estou partindo para a morte da forma mais frágil possível. Quando retornei, não me sentia frágil, mas mudado. Havia algo que estava acontecendo e eu não conseguia perceber, algo à minha revelia que me tragava ou me levava, o que dava no mesmo. Estava com raiva pelo espancamento e estava doente e infectado sem saber. Bom, pelo menos o motivo do espancamento eu sabia. Mas ao invés de me cobrarem de forma civilizada, os bárbaros me atacaram como atacaram. Um erro que levou a outro erro e finalmente a um acerto. Tudo se alinha e se ilumina. Logo na primeira noite em que retornei para o trabalho, sabia que algo iria acontecer. Sentia no ar. Sentia a cada passo que dava e a cada esquina atravessada. Engatilhava o revólver dentro do casaco e só o desengatilhava quando olhasse e percebesse que não havia ninguém entre as esquinas e trechos iluminados da rua. Ninguém entre os carros, próximo dos portões de entrada dos prédios, embaixo das árvores, encostado nos postes, na escuridão total. Ninguém em canto algum. Mas por incrível que pareça, em uma rua entrei divagando e pensando em algo que agora eu não me recordo o que era. Entrei na rua olhando para o chão, segurando o revólver, mas sem engatilhá-lo e sem escutar os passos que se aproximavam. Quando atentei que pessoas caminhavam em minha direção, elas já estavam quase sobre mim. Um grupo de quatro ou cinco pessoas me empurrou e me jogou no chão. Misturando meu idioma com outro que não conheço, me chamaram de louco, velho e estúpido, sem muita ordem e de forma errada. Resvalei em um carro e caí ao lado do pneu dianteiro. Fiquei parado por um tempo, assustado, respirando. Eles continuaram andando lentamente, como se passeassem, como se não tivessem feito nada demais. Levantei e tirei a arma do casaco. Apesar de andarem lentamente, já estavam distantes de mim. Dei o primeiro passo e ergui o braço. A arma refletiu a luz do poste. Engatilhei a arma. Dei o segundo passo e tropecei em um desnível da calçada. Senti meu corpo se projetar para frente e a arma tremer na minha mão, disparando o único tiro que dei na minha vida até hoje. Consegui cair protegendo a minha cabeça com o braço esquerdo. Escuridão. Acho que ouvi risos, mas não tenho certeza. Acho que fiquei desacordado por cinco minutos. Acordei depois e me levantei. A arma ainda estava presa na minha mão. Ouvi gemidos, alguém pedindo que não o matasse com uma voz fraca e débil. Olhei para os dois lados da rua e não vi ninguém. A noite estava clara e quente. Estrelas distantes brilhavam. Havia lua cheia. Comecei a andar em direção da esquina onde vi o grupo pela última vez. Passei a esquina e olhei a rua. Nada. Olhei para frente. No outro lado, entre dois carros e quase no meio fio, um homem muito alto espancava um dos meus agressores. Lembrei que era um deles devido ao casaco que usava. Era vermelho e havia um desenho nas costas de uma pílula onde metade era azul e a outra metade era branca. Um casaco berrante. Apenas um estrangeiro usaria aquilo. Caminhei até a metade da rua e fiquei quase diante dos dois. O homem muito alto sorriu para mim, enquanto continuava desferindo socos no rosto do rapaz completamente coberto por sangue, e disse: "Olá, meu caro policial. Eu vi a agressão que o senhor sofreu na outra rua por parte de vários jovens. Infelizmente, consegui pegar apenas esse. Os outros escaparam. Não se preocupe, logo acabarei com esse e partiremos atrás dos outros. Espero que não se ofenda com meus métodos medievais para punir esse rapaz, que pelo visto, está quase morto. Vivemos em tempos terríveis, não? E devemos agir de acordo, caso não queiramos perecer diante de todos os monstros que se espalham cada vez mais pela nossa cidade e país... pronto, ele está morto," e soltou o rapaz que caiu no chão. Uma poça de sangue avançou rápida pelo asfalto a partir de sua cabeça e chegou aos meus sapatos. Não havia mais distinção entre o seu casaco e o seu rosto, a não ser pelo cabelo. Quando ergui o rosto o homem, já caminhava na direção para onde o resto do grupo havia partido. Continuei parado e o ouvi gritar quando atravessava uma faixa de sombra: "Vamos, vamos, não fique parado". Comecei a correr e logo o alcancei. Procuramos por várias ruas e não encontramos ninguém suspeito. Voltamos para a rua onde o rapaz morto estava e havia vários policias ao redor do corpo. Alguns policias me perguntaram se eu havia visto quem havia feito aquilo. Eu disse que não, porque estava cobrindo outra área. Perguntaram quem era o homem que estava comigo. "Eu sou o senhor M****, reformado pela marinha. O senhor L*** é meu amigo de longa data. Conhecemo-nos desde que nascemos, por assim dizer". Os policias riram e não perguntaram mais nada. Eu e o senhor M. nos afastamos e ficamos vendo toda a cena enquanto as luzes vermelhas e azuis das sirenes sobre os carros formavam um espetáculo com apenas duas cores pelas paredes dos prédios. Depois, nos afastamos de toda a cena sem que ninguém nos visse e começamos a caminhar pela cidade. Lembro como se fosse hoje do longo discurso que ele fez durante todo o caminho para minha casa. Lembro do seu rosto iluminado pela lâmpada da portaria do prédio e como eu senti uma imensa paz quando ele apertou a minha mão e partiu sumindo na escuridão da rua como se nunca tivesse existido. Como se fosse um fantasma. Subi os degraus da escada sem ficar cansado, me deitei na cama sem perceber, dormi sem retirar a roupa. O dia seguinte seria 22 de abril e tudo começaria a partir daquela manhã. A glória. Finalmente a glória de estar vivo e se fazer presente no mundo. Acordei e... mas que merda é essa?!"

Alguém bateu na porta do sanitário número dois e despertou o senhor L. do seu devaneio. Ele se limpou, vestiu-se e saiu lentamente, abrindo a porta e olhando para os dois lados do banheiro. Não havia ninguém. Percebeu por uma pequena janela no alto da parede que havia escurecido e um poste formava um quadrado amarelo de luz sobre o chão e algumas pias. Saiu e lavou as mãos. Tentou ver o seu rosto no espelho e viu apenas a silhueta escura do seu corpo. Lavou o rosto com a água gelada. Saiu do banheiro.

Na última mesa do restaurante praticamente vazio, o senhor M. olhava para as luzes baças da cidade quase escondida na escuridão. Carros com faróis altos passavam. A luz da lua refletia no rio e era possível escutar o barulho que a água fazia nas margens de concreto. Pessoas caminhavam na escuridão dos passeios e de repente eram iluminadas por alguns segundos quando passavam sob a luz de um poste. O senhor M. as observava com atenção e as seguia com a cabeça até elas sumirem. O senhor L., por sua vez, continuou parado à porta do banheiro até ser empurrado pelo esfregão do homem que fazia a limpeza. Ele se virou para olhar quem o incomodava e viu um rosto sorrindo. O homem se desculpou com uma voz baixa e cheia de respeito enquanto seus dentes branquíssimos brilhavam mesmo à luz fraca do restaurante. O senhor L. sorriu de volta e começou a andar na direção do senhor M., alisando seu revólver dentro do bolso do seu casaco.

Quando chegou à mesa do senhor M., ele também sorria. Uma das suas mãos estava espalmada sobre a mesa e a outra estava oculta dentro do seu casaco. O senhor L. se sentou e ficou olhando para a escuridão da cidade depois da janela. Após alguns segundos ambos se olharam ao mesmo tempo e sorriram. Depois, se levantaram.

2.

Assim que o senhor M. se sentou e virou a cabeça para a janela mais ampla do restaurante, um raio de sol surgido entre nuvens fechadas atingiu seu rosto e lhe cegou. Com a cegueira, que durou alguns segundos, ele lembrou toda sua existência até aquele momento. Enquanto comesse e esperasse o senhor L. sair do banheiro, ele se lembraria da sua vida ao longo de cinco horas onde tudo que fosse vazio seria suprimido, onde tudo que não importasse seria anulado.

Lembrou principalmente dos dias em que lutou pelo seu país e espalhou milhares de guerras apenas pelo simples desejo de destruição.

"Como sinto saudade dos meus anos de guerra. Os anos em que combati pelo meu país e propaguei nossa verdade pelo mundo: a única verdade possível para milhares de países completamente obtusos e perdidos em ideologias sem valor. Países que nada mais eram que um depósito de lixo cercado por florestas, rios e cidades construídas com a mais total e permanente preguiça de pessoas indolentes. Países inteiros destruídos por seus primeiros e principais habitantes, países que precisavam ser organizados e refeitos. Países que para serem organizados e refeitos precisavam passar por uma destruição efetuada por nós, para que pudéssemos reconstruí-los com novas diretrizes, ou seja, as nossas diretrizes, a mais perfeita das diretrizes. Qual foi o primeiro país que combati? Qual foi o último? Todos eram tão parecidos... na verdade, todos eram iguais. Apenas os nomes eram diferentes, mas não muito. Havia pobreza, miséria, estupidez: alguns poucos canalhas manipulando milhares de pessoas completamente estúpidas e letárgicas que pareciam pedir para serem manipuladas. A sordidez era tão sufocante, que para qualquer lado que se olhasse havia algo acontecendo ou alguém que me causava náuseas e ânsias de vômito. Para não sucumbir diante disso tudo, a única coisa possível era fugir ou destruir tudo ao redor. Como fugir não é uma opção, e nunca será, a única coisa que restava era a destruição. Ou a modificação, usando uma palavra eufêmica e educada. Lembro de um dia de sol em que fazíamos uma patrulha com cerca de seis ou sete homens. Não havia operação alguma, era apenas rotina, vigiar as ruas de forma branda enquanto conversávamos e passeávamos. No meio do dia entramos em uma rua de terra. Casas com paredes de estuque e sacos de lixo, tetos de zinco. Pequenos galhos formavam os quintais e os chiqueiros onde porcos magros e doentes tomavam sol cobrindo metade do corpo com lama escura. Os seres humanos, se é que podemos chamá-los assim, não eram muito diferentes: magros, doentes, quase desnudos e cobertos por poeira, terra e sujeira até metade do corpo. A única diferença era que caminhavam e falavam. Mas o idioma deles não era muito diferente dos grunhidos que os porcos faziam. Não havia muita mudança na dicção. Caminhávamos e olhávamos cheios de asco para as pessoas cheias de preguiça, sentados em cadeira quebradas diante das portas das casas enquanto espantavam as moscas que pousavam sobre seus rostos, e havia muitas moscas. Usávamos um lenço que cobria os narizes e as bocas, menos os olhos. Atravessamos metade da rua em passos lentos até chegarmos a uma curva. Assim que passamos a curva, algo que refletiu o sol me cegou. Nesse instante eu ouvi tiros vindos em nossa direção e meus homens também começaram a atirar. Joguei-me ao chão e tentei enxergar sem conseguir ver nada mais que uma mancha branca e algumas sombras disformes em movimento. Depois de alguns segundos de troca de tiro, um dos meus homens começou a gemer ao meu lado. Escutei passos fortes no chão, mais tiros, gritos e ordens. Os porcos grunhiram e as pessoas da rua também. Silêncio. Mais tiros vindos de longe, ordens abafadas, novamente o silêncio. Apertei as pálpebras com os dedos e abri os olhos. Quatro dos meus homens estavam mortos, cobertos de sangue e espalhados pela rua. Levantei e percebi que não fora atingido. Ouvi mais gritos e tiros distantes. Olhei para a continuação da estrada e finalmente vi o que havia me cegado, um espelho grande e sujo que estava suspenso em uma parede. Parecia um portal para outra dimensão, mas isso é bobagem. Passei a curva e a rua continuava igual, casas desconjuntadas, porcos mancos correndo para todos os lados. Ouvi mais tiros à minha direita. Comecei a correr olhando para a direita e logo depois de alguns passos surgiu uma área grande e deserta, com apenas matos secos se prolongando depois das casas. Passei entre dois quintais e desci um pequeno declive. Comecei a correr e vi dois dos meus homens também correndo atrás do que parecia ser alguém bem pequeno. Na verdade, a primeira imagem que me veio à cabeça foi de que eles caçavam um porco, o que me fez rir enquanto corria. Os dois continuaram correndo e sumiram depois de um pequeno morro. Ouvi tiros em sequência e depois de alguns segundos uma espécie de tiro de misericórdia, possivelmente de uma pistola. Chegando ao morro os vi parados no meio de outra área deserta menor que terminava em uma floresta densa. Desci o morro e segui andando. Eles viraram para mim e acenaram. De longe parecia que de fato um porco havia sido abatido e sangrava sob a sombra de um dos meus homens. O sangue escorria por entre os coturnos deles e se espalhava rápido pelo chão, brilhando ao sol. Ao chegar vi que era uma pessoa. Meus dois homens suavam e respiravam com dificuldade. Aproximei-me mais e os dois saíram de minha frente. A pessoa, na verdade, parecia uma criança gorda e esbranquiçada com alguma deficiência física. Tinha o rosto deformado, o cabelo ralo e um tom de pele entre o branco e o amarelo. Tinha a altura de um adulto baixo, talvez um metro e sessenta. Ao redor do tronco havia várias tiras sobrepostas de balas para metralhadoras, e dez granadas de pino presas no cinto da calça. Na mão direita havia uma metralhadora curta ainda soltando fumaça pelo cano. Um dos soldados perguntou como estavam os outros. Respondi envergonhado que eles estavam mortos. Os dois ficaram furiosos e começaram a chutar o corpo do rapaz. Gritei para que parassem. Os dois me olharam espantados. Largaram suas armas no chão e se agacharam, virando o corpo do homem de bruços. No meio das costas havia um relógio preso, de pulso e analógico, que marcava treze horas e vinte e cinco minutos. Bem próximo dos ponteiros que marcavam as horas e os minutos, havia dois ponteiros vermelhos que marcavam treze horas e trinta minutos. A partir do relógio seguia um fio pelas costas que ao chegar à cintura desviava e seguia pela perna esquerda. Ergueram a perna, rasgaram a calça com as facas e viram os explosivos amarrados ao longo de toda a perna. Colocaram a perna novamente no chão com extremo cuidado, levantaram do chão e esperaram a minha ordem. Eu dei um sorriso de desespero e comecei a correr sem falar nada. Eles logo me alcançaram e me ultrapassaram bem antes do pequeno morro. Passamos o morro e corremos até o fim do terreno, bem próximo do beco entre as duas casas. Ajoelhamo-nos no chão e ficamos respirando. Esperamos talvez três minutos e escutamos a explosão abafada e dividida em quatro partes. Depois, sentimos a terra tremer enquanto uma fumaça de areia vermelha subia e ao mesmo tempo era arrastada na direção do pequeno morro que dividia as duas áreas. Não conseguimos ver o homem, apenas a fumaça que logo se dispersou antes que nos atingisse. Levantamos e caminhamos até onde estavam meus homens mortos. A rua pareceu retornar para a sua rotina e os moradores voltaram para as cadeiras na frente da casa, assim como os porcos voltaram a se banhar na lama. Paramos diante dos corpos dos soldados mortos e eles estavam recobertos por moscas das cabeças aos pés. Um dos soldados fez a besteira de tentar espantá-las de um corpo e todas que estavam nesse corpo e nos outros voaram ao mesmo tempo, formando uma mancha escura que avançou para todos os lados e bateram em nosso rosto, entrando em nossas bocas, narizes e ouvidos. Depois de engasgar e tossir um pouco, só me restou gargalhar de toda a situação: o assassino, o espelho que salvou a minha vida, as moscas, os moradores e os porcos, toda a mata fechada e quase virgem que nos cercava como paredes de um presídio ou de um labirinto. Gargalhei até cansar e cair no chão. Não olhei para os rostos dos dois soldados, eles não entendiam nada mesmo. Mas percebi que os dois ficaram me olhando assustados por um bom tempo. Não os culpo, pois na idade deles eu também não compreendia o que se passava ao meu redor. Em cinco minutos chegou o reforço, os corpos foram levados em jipes e enterrados em valas comuns próximas do quartel e no início da floresta. No momento em que escrevia as últimas das cartas para as famílias dos mortos, cheias de mentiras sobre como eles morreram em um combate onde havia dezenas de inimigos por todos os lados, meu comandante entrou no meu escritório e pediu que o seguisse. Terminei a carta rapidamente com cinco ou seis adjetivos e saí. O quartel estava deserto e as luzes do perímetro estavam quase apagadas devido à contenção de energia. Em poucas palavras e completamente imerso na escuridão, o comandante me explicou tudo que havia acontecido com sua voz, que parecia ser a única coisa perceptível enquanto estava ao meu lado, já que não sentia sua respiração mesmo sabendo que ele estava tão próximo de mim. Enquanto escutava as suas palavras, me questionei se ele de fato existia e estava ao meu lado naquele momento. Falou sobre o assassino e sobre seu extremismo, sobre sua morte exemplar. Pensei em questionar sobre o fato de possivelmente ele ter sido usado por grupos que eram contra nossa ação, mas me calei. Demos a volta sobre o perímetro e ele me abandonou diante de meu escritório. Acompanhei seus passos sumindo na escuridão e me questionei o que de fato eu estava fazendo naquele país, qual era a minha missão, o que eu havia construído. Sentia-me inútil de uma forma estranha: eu possivelmente não estava fazendo nada, mas estava dando suporte para que outras pessoas desenvolvessem o que deveria ser desenvolvido. Mas com essa acepção surgia outra pergunta: qual era o meu suporte? De que forma ajudava? Por que o meu comandante deu explicações para um subalterno, que no caso era eu? E quantas mais perguntas eu me fazia, mais respostas surgiam sem qualquer possibilidade de compreensão. Mas de uma forma ou de outra eu me sentia livre. Sentia-me em paz. E não importava muito para mim quantas dúvidas se multiplicavam sobre si mesmas, mas quantos segundos de paz eu poderia ter em um dia. Com o decorrer do tempo, os segundos se ampliaram até que o dia inteiro fosse de uma infinita paz, mesmo diante da maior adversidade como um soldado morto, uma criança morta, uma mulher morta, o clima, alguma doença, o inimigo mais feroz bem próximo de mim, a passagem lenta do tempo, o tédio, os pesadelos e os sonhos que eu sabia muito bem que tinha, mas que nunca conseguia lembrar quando acordava. Aquela história que meus pais me disseram na infância eu não engolia mais. E a única coisa que tive em anos foi essa paz e apenas essa paz. Sim, claro, tive uma esposa e um filho que amei como um bom marido e um bom pai, mas não tinha essa sensação de paz com essa família como a que a guerra e a destruição me proporcionavam. Com minha família eu tinha uma sensação de peso, como se carregasse um fardo que não me incomodava, mas impedia o meu viver, bloqueava o meu caminho, anulava a minha real natureza. Em alguns momentos eu olhava para os dois e pensava o que aconteceu para que eu me aproximasse da mulher que agora era minha esposa? O que aconteceu para que eu permitisse que ela engravidasse? Quem era aquela criança que brincava e sorria para mim com traços no rosto que eram tão parecidos com os meus? Quem havia armado aquela cilada para mim? A sociedade? O estado? As forças pelas quais eu lutava me impingiram aqueles seres por questões que só poderiam ser explicadas através de uma sistematização social muito rígida? Uma sistematização que me obrigava por ser homem, também ser marido e depois pai? Quem havia criado essa sistematização? Alguém havia me forçado ou eu tive livre arbítrio para escolher? Lembro quando vi seus rostos dentro dos caixões, depois de terem sido atropelados por um caminhão, que eles não faziam parte de mim, que aquela criança não tinha o meu sangue e aquela mulher foi um imenso erro, mesmo sabendo que ambos faziam parte da minha vida e que criei ela e tive ele, que ambos estiveram comigo quando não estava em guerra e me amaram e tentaram me ajudar de uma forma ou de outra. Vendo os rostos de ambos antes das tampas dos caixões se fecharem e vendo a terra cobrindo aqueles pedaços de madeira, percebi como os havia visto realmente pouco ao longo dos dez anos que convivi com ela e os oito anos que convivi com ele. E quando as lápides foram colocadas, vi e falei seus nomes pela última vez. Nem mesmo nesse momento eu consigo me lembrar dos seus nomes e rostos com a devida precisão. Lembro sim, que a criança tinha os mesmos traços que os meus quando mais nova, e tanto ela como minha esposa receberam o meu nome, mas o nome completo deles eu não consigo lembrar, apenas o primeiro. E os traços dos seus rostos também se tornaram difusos, porque nem mesmo o meu próprio rosto naquela época da minha vida eu consigo lembrar. Acho que tinha menos manchas na pele, meu nariz e minhas orelhas eram menores, meus olhos eram mais escuros e meus lábios mais grossos. Meus dentes com certeza não eram tão amarelados e careados. Bom, não me lembro de mais nada. O que há depois disso? Sim, claro. Eu retornei para o meu país, reformado pela marinha como capitão de mar e guerra depois de servir por quase trinta anos. Poderia me graduar mais um pouco e me tornar um oficial general, mas desisti. Estava cansado de lutar da forma mais correta possível e não obter resultado algum. Os países conquistados e que sofriam um processo de modificação, logo depois de alguns meses, voltavam a se reestruturar conforme seus antigos princípios, que nada mais era que a total estupidez. Era como se construíssemos algo para nada, lutássemos por nada, tentássemos trazer luz para pessoas que só desejavam viver nas trevas, nas trevas em que sempre viveram. Uma merda sem fim. Uma merda que até hoje perdura e jamais irá cessar. A maldita diversidade do mundo que faz com que pessoas deformadas degradem os reais valores da humanidade, enquanto as raças superiores que tentam mudar o mundo são vaiadas, humilhadas e chamadas de excessivas por todos os demagogos. Como se excesso de inteligência e um pouco de ordem fosse algo nocivo para o desenvolvimento humano. Como se organização e disciplina fossem algo perigoso, uma doença, um câncer, um erro. Estupidez. Estupidez e babaquice. Quando retornei para o meu país, não suportava ficar muito tempo em casa. Sentia falta da ação, sentia falta da caserna e da comida podre que nos davam, sentia falta das ordens que recebia e das ordens que dava, sentia falta de sangrar todos os criminosos do mundo e queimar milhares de cidades como se elas fossem de papel, feitas do melhor papel para formar labaredas e fogos constantes, crematórios perfeitos para queimar e aniquilar seres humanos ainda vivos: eles saíam das chamas ainda gritando, ainda cheios de esperança e nesse precioso momento recebiam um tiro bem no centro do coração. A partir dessas caminhadas diurnas e noturnas foi que eu vi o que havia se entranhado no meu país no tempo em que fiquei ausente devido às minhas viagens. Estrangeiros, milhares de estrangeiros espalhados por todos os cantos e buracos, prosperando da forma mais vergonhosa e ilícita possível, sangrando e se misturando. Os filhos dessa mistura começavam a crescer e suas faces terríveis se projetavam na nossa política, economia e princípios mais antigos. Tudo estava definhando: do céu à terra e da terra ao céu. O meu país não era mais o meu país. Não era o país que eu havia deixado quando me alistei, não era o país em que eu havia passado a minha infância e adolescência. As pessoas estavam mais flexíveis, mais abertas, modificados por ideais estranhos, modificados por pessoas que não eram do meu país, por pessoas que nunca viveram no meu país, por pessoas que não tinham o direito de modificar os nossos princípios e a nossa natureza. O fedor se expandia e era insuportável até mesmo respirar. Cogitei comprar uma máscara de gás, mas chamaria muita atenção. Em uma noite horrível fiquei indignado com uma cena e resolvi agir. Nessa noite eu conheci o senhor L., meu grande amigo e talvez o único amigo que realmente tive na vida, o único homem honrado desse país atualmente, o único homem que poderia convencer a seguir os planos que pensava há muito tempo durante as minhas caminhadas e que foi iniciado e posto em prática de forma abrupta e imprevisível naquela noite, um plano perfeito que nunca chamaria a atenção de nossas autoridades corrompidas, da nossa imprensa corrompida, da nossa sociedade corrompida, um plano organizado, limpo, invisível e, principalmente, totalmente necessário, posto em prática apenas uma vez no ano como uma homenagem ao que realmente somos e a quem essa terra de fato pertence, uma maravilhosa homenagem à nossa raça eterna, à única raça possível e imprescindível para a humanidade inteira. Naquela noite eu e o senhor L. caminhamos como gigantes pela primeira vez e enquanto eu falava, ele..."

O senhor M. foi interrompido pelo esfregão do homem que fazia a limpeza ao esbarrar em uma das cadeiras do restaurante. O senhor

M. virou o rosto assustado e viu um homem com um sorriso de dentes branquíssimos, erguendo a mão e se desculpando com uma voz rala pelo barulho que havia feito. O senhor M. sorriu e disse que tudo bem, que o barulho não o incomodou, apenas assustou um pouco. O senhor M. o cumprimentou e se virou para observar as pessoas que andavam na calçada do outro lado da rua. Todas pareciam estrangeiras ao passar por debaixo das luzes opacas dos postes, todas pareciam assustadas e prontas para cometer algum crime, todas pareciam possíveis vítimas. Mas quando o senhor L. se aproximou da mesa e se sentou na sua frente com um estranho sorriso no rosto, o senhor M. logo percebeu qual seria o estrangeiro morto e que ele não estava caminhando pela noite no outro lado da calçada, logo percebeu qual seria a vítima em homenagem ao dia deles, logo percebeu que o escolhido estava bem próximo e visível.

Ambos se olharam e sorriram mais uma vez, como se pudessem se entender em silêncio e sem palavras. Depois, se levantaram.

A noite fria tocou o rosto de ambos assim que passaram a porta do restaurante. Caminharam um pouco e pararam.

Fria noite morta

O.

Ambos caminharam um pouco pela calçada, atravessaram a rua e pararam ao lado esquerdo do rio. Ficaram alguns segundos olhando para os reflexos da lua e das luzes dos postes na água escura e lenta até o senhor M. tossir duas vezes e falar:

– Bom, nem foi preciso procurar a vítima, ela surgiu diante de nós.

– Como escreveu o nosso maior poeta: "As ovelhas famintas erguem os olhos, e não são avermelhadas, mas túrgidas do vento e da névoa rançosa que inalam, apodrecem internamente e o miasma se espalha. Bem próximo, o lobo, com pata furtiva, diariamente devora com lentidão, e elas nada dizem".

– Hum... quem escreveu isso? ***********?

– Não, ******.

– Não consigo compreender poesia.

– Eu também não consigo entender nada de poesia, mas com o fato de encontrarmos a vítima dessa forma, veio à cabeça esse poema que li na adolescência.

– Lembro de ter lido alguns sonetos de *********** e só.

– Li milhares de romances e poemas, incluindo autores do nosso país-irmão no outro lado do atlântico, e nunca consegui entender nada.

– Por que os leu, então?

– Para fugir da realidade, apenas isso.

– Acho plausível. Quando quero fugir da realidade eu durmo.

O senhor L. permaneceu calado e alisou a cabeça, retirando o sereno da noite grudado no seu cabelo, sereno que avançava pela cidade inteira. Tossiu, chutou algumas pedrinhas próximas dos seus sapatos.

– Então, será o servente do bar.

– Sim, será ele.

– Tem certeza que ele é estrangeiro?

– É claro, meu caro senhor L., tenho absoluta certeza.

– Como pode ter absoluta certeza? Perguntou algo para ele?

O senhor M. riu e tossiu, se contorcendo para frente.

– Mas é claro que não perguntei nada para ele, meu caro senhor L. Bastou que olhasse para seu rosto e percebesse que tipo de ser humano ele era.

– Como assim, "que tipo de ser humano"? Eu não toco em pessoas do meu país, senhor M., e o senhor sabe muito bem disso. Não é porque ele é quem é que isso significa que seja um estrangeiro. Já tive colegas na minha corporação que pareciam estrangeiros e alguns deles eram tão íntegros como eu ou você.

– Por deus, homem, eu sei que ele é estrangeiro. Conversei com ele e notei seu sotaque. Deve ter chegado à nossa ilha ontem mesmo, escondido em um porão de navio cargueiro. Possivelmente embarcou em algum porto de um dos países que combati.

– Pois eu também escutei sua voz e não vi nenhum sotaque estrangeiro.

– Quantas palavras você escutou?

– Três.

– Três? Até uma criança consegue disfarçar o sotaque com apenas três palavras, senhor L. O que ele disse com essas três palavras?

– "Desculpe-me, senhor."

– Mas que maravilha! Nem três palavras foram, mas apenas duas, senhor L. Até uma criança de três anos poderia enganar o senhor pelo visto, ou quem sabe uma criança de dois anos.

– Tudo bem, tudo bem, eu me enganei. Ele é estrangeiro, não quero brigar.

– Não pense que estou brigando com o senhor, estou apenas esclarecendo um fato. Não fique irritado.

– Eu não estou irritado.

– Ok.

O senhor L. deu alguns passos para frente e parou no limite da calçada. No outro lado da rua o servente ainda limpava o chão do restaurante. Virou-se, deu alguns passos até chegar ao início do halo de luz do poste que estava mais próximo e parou.

– Então, vamos matá-lo agora?

– Claro que não, homem. Esqueceu que devemos esperar passar a meia-noite? Esqueceu que não devemos matar a vítima em seu ambiente de trabalho?

– Perdão. Esqueci completamente.

– Não precisa pedir perdão, meu amigo. Não é necessário.

Uma névoa espessa que avançava sobre o leito do rio foi empurrada pelo vento e subiu até a calçada. Permaneceu um pouco imóvel e depois foi novamente empurrada até as ruas mais próximas, como um véu único que tivesse sido repartido em várias partes. O senhor L. observou as névoas tentando se lembrar de algo que lhe remetia à sua infância sem conseguir uma definição precisa do que era. Havia névoas, havia água, havia sombras ou a falta de luz, mas nada estava definido, nada estava organizado.

– O primeiro salão ele já acabou. Talvez dentro de três ou seis horas ele acabe com os outros dois salões que ainda faltam e termine seu serviço de extrema dificuldade.

O senhor L. não respondeu e continuou olhando para as névoas que subiam as ruas e entravam pelas janelas dos apartamentos nos prédios mais distantes.

– Você se lembra do primeiro morto que viu? – Perguntou o senhor L., ainda de costas.

– Sim, claro. Eu tinha doze ou treze anos.

– Acho que a primeira pessoa que vi morta tinha cinco ou seis anos de idade. Não achei agradável.

– Ele era seu parente?

– Não.

– Bom, nunca é agradável de qualquer forma, sendo parente ou não. Tinha todos os motivos para achar agradável o primeiro morto que encontrei, mas acabei sentindo asco.

– Quem era?

– Como assim quem era?

– Quem foi que você viu morto?

– Uma pessoa que eu não conhecia. E você?

– Também uma pessoa que eu não conhecia. Mas você não respondeu minha pergunta.

– Como assim não respondi?

– Eu perguntei quem foi a pessoa que você viu morta, e não se você a conhecia ou não.

– Não estou entendo nada.

– Deixa pra lá.

O senhor M. riu e saiu do parapeito da margem onde estava encostado.

– Meu caro senhor L., você precisa caminhar um pouco para aliviar o juízo. Vamos dar uma volta e contornar o rio.

– E a vítima? Podemos perdê-la, não?

– Não se preocupe, pois enquanto caminharmos irei observá-la. Ao longo da outra margem do rio dá para ver com perfeição toda essa margem em que estamos. Vamos conversar e dar uma volta. Não se preocupe, homem, não se preocupe.

Abraçando o senhor L., o senhor M. começou a arrastá-lo em direção da ponte com extrema delicadeza, até perceber que o senhor L. não iria resistir ou retornar. Caminharam lentamente por dez minutos até chegarem à ponte.

– Essa sua história de primeiro morto me fez lembrar a nossa primeira vítima – disse o senhor M., ao tocar na ponte de ferro em que as redomas de vidro cercadas de sereno dos postes pequenos iluminavam o caminho estreito e comprido. A outra ponta da ponte se perdia na escuridão da outra margem.

– A nossa primeira vítima? Aquela mulher que ficou apaixonada por você e depois conseguiu escapar?

– Ela ficou apaixonada por mim?

– Pelo que pude ver, sim.

– Como assim, "pelo que pude ver"?

– Ela me parecia bem apaixonada.

– Como assim, homem?

– Esqueça. Fale o que você ia falar.

– Esqueci do que eu falava...

– A nossa primeira vítima.

– Ah, claro, a vítima que ficou apaixonada por mim.

O senhor L. e o senhor M. riram, perderam o equilíbrio e escorregaram no chão levemente molhado pelos respingos da água do rio que chegavam até a ponte. Ambos ficaram escorados na murada por alguns segundos até pararem de rir. Voltaram a andar.

– Aquela mulher não era uma vítima, meu caro senhor M., era uma jornalista, só isso.

– Jornalista? Que piada.

– Bom, pelo menos foi assim que ela se identificou.

– Duvido que seja verdade. Se ela fosse jornalista já teria nos denunciado ou escrito alguma matéria. Jornalistas nunca se calam, ainda mais diante do que aconteceu com ela.

– Como disse, ela ficou apaixonada por você.

Ambos riram.

– Vamos parar um pouco. Ainda temos tempo – falou o senhor M., olhando para os lados e depois para trás, na direção do restaurante, vendo o servente que ainda limpava o chão do primeiro pavimento. Pararam ao lado de um poste e estenderam as mãos, colocando-as embaixo da redoma de vidro para aquecê-las.

– Não sei se ela estava apaixonada por mim. O tempo para ela se apaixonar foi muito curto, apenas uma noite. Alguém se apaixona em uma noite?

– Basta às vezes dez segundos para uma pessoa se apaixonar pela outra, senhor M. Talvez a pessoa consiga disfarçar por algum tempo, porém mais cedo ou mais tarde tudo se revela, observando, é claro, a intensidade da paixão.

– Então qual foi o nível de paixão dela?

– Acho que máximo. Assim que você sorriu os olhos dela brilharam e o seu rosto ficou ruborizado. Há anos que não via uma mulher ruborizada.

– Nunca pensei que deixaria uma mulher ruborizada.

– Muito menos eu.

Ambos riram e saíram de perto do poste. Voltaram a andar sobre a ponte enquanto o senhor M. se voltou para o restaurante.

– Veja, senhor L., o melhor servente do mundo terminou o primeiro pavimento do restaurante depois de três horas de trabalho. É um gênio ou não?

O senhor L. riu e olhou para trás, vendo o servente cercado de cadeiras esmagar o esfregão em uma peça metálica e se inclinar para limpar o chão. O senhor M. passou por ele esfregando o rosto e tossindo.

– É um gênio ou não?

O senhor L. não respondeu e voltou a andar. O senhor M. havia parado em outro poste e erguido as mãos. O poste ficava direcionado para o lado do restaurante. Ao longo das margens, as névoas avançavam para dentro das ruas ou ficavam rodopiando sobre a água escura. Nas calçadas poucas pessoas ainda andavam e os faróis dos carros distantes iluminavam a escuridão das ruas. Ambos ergueram as mãos para a redoma de vidro do poste e ficaram observando o rio.

– Como ela escapou?

– Quem escapou?

– A primeira vítima.

– Ah, perdão. Estava pensando no servente... aquela mulher escapou por sua culpa, não se lembra?

– Minha culpa? O que eu fiz?

– Ora essa, homem, você ficou de esfaqueá-la com a minha faca assim que eu a abandonasse no pequeno depósito do bar e saísse com uma desculpa de pegar uma bebida. Pelo que você me contou, ao sair para esfaqueá-la, em um dos cantos do depósito onde estava escondido, você não conseguiu porque parece que se apaixonou imediatamente por ela quando a mesma se virou e olhou em seus olhos. Não foi isso?

– Hahaha... que piada infame, meu amigo, que piada infame.

– Não foi isso?

– Não, não foi. Eu não me apaixonei por ela. Ela simplesmente me lembrou uma mulher que eu conheci no passado. Enfim, alguém por quem tinha estima.

– Quem seria?

– Uma mulher que quase me deixou apaixonado apenas com o som dos seus passos ao caminhar.

– Hahahaha... você que está fazendo piadas infames agora, meu amigo.

– Não, eu não estou. Nunca falei tão sério em toda a minha vida. Existiu sim uma mulher pela qual quase me apaixonei, e essa mulher que iríamos matar e seria nossa primeira vítima, era muito parecida com a mulher que eu fora apaixonado. É simples. Nunca conseguiria matar alguém que despertou um sentimento tão bom em mim, um sentimento que há anos eu não sentia, simplesmente para cumprir uma obrigação e ser leal a um amigo, que no caso seria você. Certas atitudes não implicam necessariamente em uma atitude covarde ou representa uma fuga do que deve ser feito. Nunca fugi das minhas responsabilidades, mas diante daquela mulher e da forma que o meu espírito se transformou no meio daquele depósito sujo, diante do sentimento que anulou todo o meu passado e qualquer angústia que pudesse ter com o presente ou o futuro que o destino formaria para a minha vida, eu não pude matá-la. Talvez nem mesmo hoje eu pudesse matá-la. Com certeza ela está transformada e modificada. Na época ela deveria ter quantos anos? Vinte e cinco? Trinta, no máximo. Bom, hoje ela deve ter entre trinta e cinco ou quarenta anos, talvez não tenha o mesmo cabelo e esteja diferente, mas deve manter o mesmo sorriso que a mulher que me cegou no passado possuía, deve ter os mesmos olhos que me deixaram completamente doente e à beira da loucura. Ao ver a nossa primeira vítima eu senti nostalgia pelo o que eu não vivi e jamais poderia ser recuperado. Senti saudade do que não existiu. Senti raiva de mim mesmo por não ter me entregue e permitido que alguém me levasse para uma situação que poderia ser qualquer uma, inclusive a minha morte e loucura, contanto que ela estivesse ao meu lado, somente ao meu lado, para o bem ou para o mal. Você entende?

– Não, não entendo nada. E nunca pensei que fosse tão sentimental, meu amigo. Agora algumas coisas pelas quais eu estava em dúvida se esclareceram depois do que você falou.

– O que se esclareceu? O que você não entendeu?

– Bom, não vou falar. Esqueça.

– Eu esclareci dúvidas que você tinha em relação à minha personalidade? Você não entendeu que eu estava falando sobre o amor?

– Não sei de nada e nem quero falar nada.

– A marinha o tornou muito bruto, senhor M. Você já se apaixonou por alguém?

– Já, pela minha sombra.

– Que maravilha. E além da sua sombra existiu algo ou alguém que mereceu a sua estima, o seu sofrimento e a sua entrega?

– Entregar-se é perder, meu caro senhor L. Eu sou um soldado, esqueceu?

– Esse é o seu problema. Nem tudo na vida é um confronto ou batalha, meu amigo. Diante de certas situações é melhor nos entregarmos. Diante de certas situações a derrota representa uma espécie de vitória, entende?

– Fale por você. As perspectivas para cada situação diferem para cada pessoa que as contemple, nunca existe uma igualdade ou uma sistematização única. Uma paixão para mim seria uma derrota dos meus princípios, a morte, a entrega de um sentimento tão caro à outra pessoa jamais seria retribuída à altura e com o mesmo fervor pelo qual eu me dedicaria. E como a plenitude e a perfeição são uma imensa farsa, uma grande sublimação e um embotamento dos sentidos, eu nunca me permiti me apaixonar.

– Mas aí que está, senhor M., você não pode se permitir apaixonar porque é um sentimento que é impossível de ser controlado e simplesmente acontece. Você possivelmente já se apaixonou por alguma mulher. E não teve a coragem de confirmar para si mesmo esse sentimento.

– Como disse antes, eu me apaixonei pela minha sombra uma vez e a amei da forma mais verdadeira possível.

O senhor L. riu.

– A sua fleuma e o seu lado irônico às vezes me incomodam como nem mesmo você conseguiria calcular, meu amigo.

– Caso minha fleuma e meu lado irônico o incomodassem tanto, você não estaria rindo, meu caro. Além do mais, você também é fleumático e irônico quando quer.

– Talvez eu seja mesmo algumas vezes, mas não tanto como você.

– Bom, nada disso importa realmente. E cansei de falar sobre esse assunto. Vamos atravessar o resto da ponte.

Atravessaram o resto da ponte. Começou a chover. Buscaram abrigo e correram até a marquise de uma loja. A loja ficava abaixo do nível do rio, impedindo que vissem o restaurante e o servente na outra margem. Saíram da loja, correram na chuva dividindo as poças de água recém-formadas na calçada, chegaram à outra loja distante cerca de cem metros da primeira. Pararam. Naquele ponto dava para ver com perfeição o restaurante e o servente, apesar da cortina de água que a chuva formava sobre seus rostos. Olhando para a esquerda, eles viram a outra ponte que ligava os dois lados do rio. Falaram sobre o tempo, falaram de tempestades, raios e trovão. O senhor L. perguntou para o senhor M. como era uma tormenta no meio do oceano. Depois ouviu com extrema atenção e um estranho sorriso no rosto todo o relato que durou cerca de uma hora. O senhor M. emendou várias tempestades vividas por ele ao longo dos anos em todos os oceanos pelos quais ele havia passado e pelos quais não havia passado pelo simples prazer de fazer com que seu amigo continuasse sorrindo, completamente maravilhado com tudo que ele inventava ali, naquele instante. Depois de uma hora a tempestade havia acabado e ambos se calaram. Novamente o senhor M. fez troça do servente devido ao fato dele ainda estar na metade do segundo pavimento. O senhor L. retrucou, sem ironia, que ele era um homem competente e que por isso demorava tanto para concluir seu serviço. O senhor M. riu por cerca de quarenta segundos e depois ficou calado. Voltou a chover fracamente e em dez minutos cessou. Uma ave morta, grande e negra surgiu sendo levada pela água da chuva que escorria pela sarjeta.

– Que ave era aquela, senhor M.?

– Não sei, me pareceu um corvo.

– Um corvo? Se fosse um corvo eu teria reconhecido.

– Por que você perguntou para mim se eu sabia que ave era aquela?

– Sei lá, pensei que você soubesse.

– Não, não sei. Apenas sei sobre coisas náuticas, eu diria. Sei lá, componentes de um navio, cálculos de navegação, esses tipos de coisa.

– E aves?

– Nada. E nunca me interessei, para dizer a verdade.

Ambos ficaram calados por um tempo. Outra ave negra, grande e morta passou boiando no fluxo da água da sarjeta, descendo a rua.

– Essas aves me fazem lembrar a nossa segunda vítima, ou dizendo melhor, a primeira vítima de fato e direito: a que primeiro sangrou de verdade, disse o senhor M.

– Ah, claro, o homem que ficou se fingindo de morto?

– Sim.

– Grande homem. Até hoje tem a minha admiração e respeito.

– Por quê?

– Ora essa, pelo que fez, sua força física e vontade para se manter vivo por tanto tempo.

– Mas aí que está, o mal também tem extrema força. A sua admiração é por esse motivo?

– É claro. Admirar sua perseverança não implica necessariamente que mude minha opinião sobre ele.

– Bom, finalmente concordamos em alguma coisa nesse dia.

O senhor L. riu e depois perguntou:

– Sim, e os corvos?

– Corvos? Que Corvos?

– Perdão. Enganei-me. E as aves mortas, o que têm a ver com isso?

– Ah, essas aves mortas me fazem lembrar do modo como ele ficou boiando e se fingindo de morto. O canalha quase nos enganou. Foi por pouco, não?

– Muito pouco. Na verdade, ele quase conseguiu fugir muito antes de nos tentar enganar. Caso não fosse você ter corrido para pegá-lo, depois da abordagem fracassada que tivemos, não sei se estaríamos aqui conversando.

– É verdade, ele quase conseguiu escapar. Mas você não deve se culpar pela abordagem errada, o erro foi todo meu naquela noite. Lembro também que quase não o consegui esfaqueá-lo. O sujeito de fato era forte. Parecia um touro. Enquanto o esfaqueava na região do tórax, eu sentia a lâmina da faca se retorcer nos seus músculos como se ela fosse quebrar. Quantas vezes eu o esfaqueei? Cem vezes? Cento e vinte vezes? Simplesmente fiquei cerca de cinco minutos sobre o seu corpo, lutando contra seus braços, que a todo tempo tentavam me empurrar ou me agarrar, até que ele se entregasse e morresse. Na verdade, ele não se entregou e nem morreu, apenas fingiu. Quantos quilos ele pesava? No mínimo cento e dez quilos. E tudo isso de músculos. Não havia um ponto flácido ou gorduroso em seu corpo. Um corpo humano perfeito para uma batalha. Caso pudesse servir ao nosso país seria muito bem aproveitado. Mas não, estava a serviço da prostituição e da agiotagem. Dizem que ele quebrava os pescoços das pessoas que lhe deviam como se fossem gravetos. Será verdade? Bom, nunca saberemos. Lembra como foi terrível carregá-lo? Tivemos que arrastá-lo por cerca de cinco ruas. A minha coluna geme só de lembrar. Quando o erguemos para jogar no rio, seu corpo parecia ter inchado e seu peso duplicado. Bom, talvez fosse o cansaço que nos abatia. O jogamos na água e ele logo boiou, o que me pareceu estranho. O mais certo era ele ter afundado direto. Achei estranho, mas fiquei calado, observando enquanto você se sentava completamente cansado em um banco. Um minuto depois vi uma bolha saindo do seu nariz e percebi que ele estava segurando a respiração. Esse instante me fez lembrar das aves que acabamos de ver. Seu corpo imenso estava em um canto escuro, imóvel, seguindo levemente o fluxo da correnteza na borda de uma das margens. Parecia uma dessas aves. Um minuto depois outra bolha saiu do seu rosto. Você ainda estava sentado no banco sem ver nada, por isso o chamei. E você logo percebeu que ele estava vivo. Bom, tenho que admitir que a força física e a determinação dele eram admiráveis. Lembra do momento em que ele não aguentou mais e se virou para respirar? Nesse instante o sangue finalmente começou a sair por todos os cortes que fiz nele, formando uma mancha mais escura que a água. Lembra dos olhos dele na linha d'água? Tão cheios de vida mesmo com a morte tão próxima, piscando lentamente e olhando para seus algozes, ou seja, nós, com uma paz de espírito que nunca vi em uma pessoa.

O senhor M. parou de falar e suspirou.

– Você fala da morte como se fosse uma criança diante de um brinquedo gigante, senhor M. Nunca consegui ter essa perspectiva diante da morte de nossas vítimas.

– Eu já lhe disse, somos diferentes. Não sei por que busca agora uma igualdade total entre nós. Antigamente você não era assim.

– Sei lá, talvez porque a morte esteja se aproximando.

– Que morte?

– A minha, a sua. Somos pessoas de idade, esqueceu?

– Não, não esqueci. Mas ainda estou firme como uma rocha. E o senhor aparenta estar no mesmo nível que eu. Ou me engano?

O senhor L. riu e abaixou a cabeça, sem responder nada. O senhor M. entrelaçou as mãos sobre o rosto e soprou para esquentá-las. A chuva havia cessado e pingos grossos caíam da marquise diante dos seus rostos. O senhor M. comemorou com assovios o fim da limpeza no segundo pavimento por parte do servente. O senhor L. saiu de baixo da marquise e começou a andar em direção à segunda ponte. O senhor M. observava o servente se movendo pelo início do terceiro pavimento do restaurante quando viu o senhor L. andando e também saiu da marquise. O vento frio soprava mais forte. As névoas voltaram a surgir ralas e esparsas. O senhor M. alcançou o senhor L.

– Por acaso você está doente e não quer me falar, senhor L.? Faço a mesma pergunta de várias formas desde a manhã e até agora nada. Apenas escuto evasivas, suspiros, o abaixar da sua cabeça...

– Não me incomode. Certas coisas não podem ser confirmadas ou negadas, e você sabe disso.

O senhor M. se calou e se afastou do senhor L. Andaram separados e lentamente em lados opostos da calçada. Mas uma ave morta passou no resto de água que ainda escorria pela sarjeta, bem próximo das pernas do senhor M. Ele olhou sem muito interesse para ela e continuou andando. Chegaram à ponte. Ambos deram dez passos e ergueram as mãos para a redoma de vidro do primeiro poste.

– Eu só quero acabar logo com essa merda, senhor M. E depois voltar para o meu doce e quente lar.

– Calma, homem, calma. Deixe o servente acabar o trabalho e o sino badalar o início do novo dia. Falta pouco.

Ficaram em silêncio por cinco minutos. Voltaram a andar. Os vapores que saíam de suas bocas estavam mais fortes. Pararam em outro poste depois de dar dez passos. Durante uma hora falaram sobre a terceira, a quarta e a quinta vítimas, emendando assuntos sobre vida, morte e paixão, enquanto lembravam como elas foram mortas e as respectivas impressões que ambos tiveram dos seus estertores de vários minutos, dos seus sangues espirrados sobre paredes e as manchas que formavam, dos semblantes cheios de horror ou paz nos segundos iniciais ou finais depois do ataque, das formas como seus corpos afundaram e quanto tempo levaram para afundar nas águas escuras do rio.

O senhor M., é claro, foi o que falou mais. O senhor L. apenas fez um rápido comentário de como a quarta vítima lhe parecia uma mulher que havia lhe transmitido uma doença no passado. O senhor M. perguntou se a doença fora de gravidade e o senhor L. não respondeu, saindo detrás do poste em que estavam e parando diante de outro mais distante. O senhor M. o seguiu e se juntou a ele, sem repetir a pergunta. Quando o servente terminou metade do terceiro pavimento, o senhor M. fez um comentário rápido que o senhor L. também não retrucou. Saíram de trás do poste. Falaram da sexta vítima e de como ela morreu rápido demais, sem lutar, sem reagir, sem gritar, como se fosse a coisa mais frágil que já havia habitado o mundo. Lembraram também que, ao ver o sangue esbranquiçado que escorria do corpo dela, imaginaram que fosse uma marciana ou qualquer outro extraterrestre e riram desse pensamento enquanto a erguiam para jogá-la no rio. Pararam em outro poste e tentaram se lembrar da sétima vítima. Conseguiram apenas resquícios daquele ano. Não sabiam quem tinham matado e nem como haviam feito, apenas sabiam que ambos perseguiram alguém e sangraram a pessoa e jogaram no rio um corpo de peso e altura mediana, nem muito alto e nem muito baixo, nem muito jovem e nem muito velho. Não se lembram como o corpo havia afundado e em que parte do rio eles jogaram. A noite naquele ano estava fria e recoberta por névoas; aliás, como todos os anos que eles mataram as vítimas.

– E a oitava vítima? – perguntou o senhor L.

– Não sei... parece que as vítimas mais recentes estão sumindo da minha memória.

– Hum... da minha também...

– Mas eu acho que era um homem.

– Pelo que me lembre ela tinha seios.

– Sim, claro, assim como um pênis.

O senhor L. riu e ajeitou o casaco.

– Lembro que também tinha barba.

– Não somente barba, como bigode também.

– E costeletas.

– E cavanhaque.

O senhor L. riu e tossiu e ajeitou o casaco novamente, tentando proteger o pescoço e conseguindo cobrir apenas metade.

– Ora essa, senhor L., talvez ele ou ela nem fosse realmente humano, como a sexta vítima. Mas de uma certeza eu tenho: não era de nosso país.

– E a sétima vítima?

– Bom, com toda certeza era um ser humano, mas também não era de nosso país. Ou seja, dá no mesmo: humano ou não, o sangramos da mesma forma, independente da origem.

– Não sei se concordo.

– Enfim, sangram. E sangram porque merecem, não importa de onde venham.

Nesse instante uma névoa subiu do leito do rio e avançou pela ponte a partir de baixo, envolvendo ambos em um véu. Os dois ficaram sem se ver por alguns segundos e até falaram mais alto para poderem se localizar, ao mesmo tempo em que sentiram medo pela sensação de que se afastavam muito um do outro. O sentimento de medo por possivelmente não se verem mais devido a um simples afastamento temporário pareceu estranho a ambos enquanto ainda estavam cobertos pela névoa. E depois, quando voltaram a se ver devido à dispersão da névoa sobre a ponte, a sensação estranha permaneceu. Estranharam a si mesmos e evitaram seus próprios olhares por cerca de meia hora, enquanto saíam das sombras de um poste pra outro e erguiam as mãos para as redomas de vidro.

Falaram com escárnio durante esse tempo sobre as possíveis nacionalidades de suas vítimas e de todos os outros países existentes no mundo. Chegaram à conclusão de que o único país que prestava era o deles. Depois dessa conclusão, se olharam nos olhos. Passaram por mais dois postes e terminaram de atravessar a segunda ponte. Voltaram a andar pela calçada e viram a luz do último pavimento do restaurante iluminando a esquina. Andaram lentamente e em silêncio. Depois de cinco minutos, o senhor M. comentou que houve um exagero por parte dele na hora de matar a nona vítima, o que o senhor L. pareceu não ouvir, ou se ouviu, não quis retrucar, pois permaneceu com a cabeça virada para o rio, observando uma das margens com bastante atenção. O senhor M. pensou em perguntar o que ele observava, mas resolveu não incomodar.

Continuaram andando e passaram pelo restaurante, parando um pouco mais distante na calçada, embaixo de um poste. No terceiro pavimento, o servente esmagava o esfregão em uma peça metálica e estava próximo de terminar a limpeza do chão. Fumava com o cigarro preso nos lábios e a fumaça quase imóvel rodeava sua cabeça, flutuando abaixo do lustre de luz. O senhor M. brincou sobre o fato dele fumar e o que lhe aguardava. O senhor L. não retrucou. Saíram debaixo da luz do poste e deram cinco passos mais adiante na calçada, parando em uma parte escura. Ficaram em silêncio. O servente havia acabado a limpeza do terceiro pavimento e acendia outro cigarro com o restante do anterior. No seu rosto havia felicidade e contentamento pela perfeição do serviço. O chão estava completamente limpo e nenhuma nódoa o maculava. Apesar do frio da noite, gotas grandes de suor brotavam da sua testa e escorriam de seu rosto em direção ao balde de água onde ele havia mergulhado o esfregão por várias vezes. Algumas gotas não caíam no balde e escorriam até seus lábios. Ele sorvia as gotas, sentia o sal e o amargor, ampliando ainda mais seu contentamento. Estava feliz e imaginava apenas que, depois de trocar de roupa e pegar o ônibus, estaria em casa tomando um banho na banheira que ele havia acabado de instalar. Depois iria dormir e acordar para voltar ao trabalho, e dessa forma repetir a mesma operação.

Somente o senhor L. conseguiu perceber e imaginar o que o servente sentia naquele momento. O senhor M. apenas comentou que o trabalho eterno havia se encerrado e que finalmente tudo iria acontecer. O senhor L. não respondeu e ficou observando o servente apagar a luz do terceiro pavimento, caminhar com desenvoltura pela escuridão dos outros dois pavimentos e entrar no corredor que levava ao fundo do restaurante. Uma luz tênue e quase apagada se projetava pelo vidro do primeiro pavimento e iluminava a rua.

– Será agora, meu amigo – disse o senhor M. – Basta o sino tocar indicando a meia noite e a vítima sair do seu trabalho. Logo estaremos em casa.

O senhor L. suspirou e perguntou:

– Você se lembra de suas noites após os crimes?

– Como assim?

– Você lembra como são os seus dias após os crimes? Consegue dormir? Não sente remorso ou culpa? Não sente que possivelmente está fazendo algo errado e que todas essas pessoas que matou não mereciam ter o fim que tiverem, mas são apenas desprezadas ou então julgadas por instâncias mais justas e menos sanguinárias que a minha e a sua? Será que estamos fazendo a coisa certa? Será que não estamos ampliando o que queríamos combater e minar? Não lhe passa nada na sua cabeça dessa ordem? Nenhum pensamento?

– Meu caro senhor L., o que nós estamos fazendo não tem nenhuma implicação racial ou política. Somos melhores do que eles em qualquer coisa? Não. Mas a partir do momento em que eles invadem nosso espaço e tomam o que nos pertence, não podemos fazer nada além de nos defendermos. Por que eles não ficam na terra deles? Por que eles não desenvolvem o que desenvolvem aqui, no país de origem deles? Simples, meu amigo, lá eles se devorariam mutuamente, lá eles mesmos se combateriam pelo espaço escasso e diminuto de liberdade que possuem. O problema de nossa nação é que perdemos o rumo certo em algum momento e acabamos permitindo a degradação dos valores, nos contaminamos com o que é impuro e nunca fez parte de nossas características e real natureza. Nada pode ser sólido o tempo todo, em algum momento ele esmorece e se degrada. Foi isso que aconteceu ao nosso país, um esmorecimento, uma fenda que se abriu no tempo e se espalhou como um câncer. Basicamente estamos reconquistando a nós mesmos com o que fizemos nesses últimos dez anos. Reconquistando a alma da nossa raça, a nossa individualidade sagrada. E não se assuste caso outras pessoas como eu e você estejam fazendo o mesmo em outras partes do país ou até mesmo na nossa cidade, e isso pode estar acontecendo agora mesmo. Também não tenha sentimento de culpa por sua luta. A culpa não resolve nada, só traz dor e sofrimentos desnecessários. Nunca se esqueça que eles fariam o mesmo caso fôssemos nós que invadíssemos o país deles. É claro, se no país deles houvesse um grau de liberdade semelhante ao existente no nosso. Teríamos mortes iguais ou piores. Nem impingimos sofrimentos às nossas vítimas, porque a morte delas representa somente um valor simbólico da nossa insatisfação. Não somos assassinos. Somos homens de bem fazendo o que é certo contra aqueles que estão fazendo o mal. Temos todo o direito de nos defender e de sangrar quem merece ser sangrado. Veja esse servente, por exemplo. Não me interessa a cor dele ou de que país possivelmente ele tenha vindo. Tenho quase certeza de que deve ser um homem honestíssimo e possuir excelente caráter, mas ele simplesmente não pertence ao nosso país. Está ocupando o espaço indevido de outro trabalhador talvez tão honesto quanto ele, mas que não conseguiu o emprego simplesmente porque quem o emprega teria que pagar mais. E por que quem o emprega teria que pagar mais por esse trabalhador? Pelo simples fato desse trabalhador ser de nosso país. Ora essa, estamos falando de comércio e dinheiro simplesmente? Não. Estamos falando da degradação e humilhação de alguém do nosso país, de alguém que por sofrer da forma que está sofrendo também me causa dor e sofrimento. Porque qualquer pessoa nascida no meu país também sou eu, também é a minha bandeira e a minha alma. É claro que existem outros aspectos ligados aos estrangeiros que deflagra o meu tipo de pensamento, mas enumerá-los agora levaria muito tempo, eu prefiro citar apenas esse. Não existe ódio racial ou político da minha parte e nem da sua, mas apenas justiça limpa, clara e óbvia. Compreende tudo? Compreende por que durmo tranquilo e feliz depois de fazer o que fazemos? Não existem outras explicações para tudo o que desenvolvemos nesses dez anos além dessas que estou lhe dando. Qualquer outro fato que surja na sua cabeça nada mais é que a sua imaginação atuando sobre... escute, os sinos dobraram.

Os sinos de uma igreja próxima anunciaram a meia-noite. No céu, fogos de artifício estouraram e iluminaram a escuridão entre os prédios mais distantes. Enquanto o senhor L. observava o céu, o senhor M. via o servente sair por uma pequena porta lateral na parte da frente do restaurante. Sem avisar, ele começou a andar e atravessou a rua. O senhor L. iria se virar e falar para o amigo que ele estava certo, que estava com ele até o fim, mas quando se virou, viu somente seu vulto enorme passando a esquina da rua do restaurante a passos largos. Começou a correr e ao chegar à esquina viu novamente apenas o vulto do senhor M. entrando em outra rua. Correu novamente pela nova rua, mais deserta e escura do que as anteriores, e ao chegar à nova esquina novamente viu o vulto do senhor M. atravessando outra esquina e entrando em outra rua. Ficou ansioso. Sentiu desespero. A sensação de que o senhor M. fugia dele ou de que nunca mais veria o amigo novamente, como a sensação que havia sentido sobre a ponte, parecia ter se ampliado e virado fato real diante de seus olhos e sem nenhuma névoa para acobertar.

Começou a correr como nunca havia corrido na vida e, ao chegar à esquina, finalmente o viu de corpo inteiro. Ele estava parado em um ponto sem iluminação da calçada, próximo de uma parede, meio escondido entre dois carros e fazendo movimentos com os braços que pareciam estocadas, movimentos de ataque, movimentos precisos e perfeitos. Ao ver os movimentos dele, o senhor L. percebeu que não fora abandonado. Na segunda rua depois do restaurante o senhor M. interpelou o servente pedindo a informação de qual era o caminho mais rápido para chegar ao rio da cidade. O servente logo reconheceu o senhor que ele havia visto no restaurante poucos minutos antes de fechar. Disse rindo para o senhor M. se ele não havia visto o rio no outro lado da calçada logo depois de sair do restaurante, ao que o senhor M., sem responder nada e se aproximando com passos curtos enquanto sorria, puxou a faca da sua cintura e começou a esfaquear imediatamente o servente na barriga e no tórax, com movimentos rápidos e precisos, de baixo para cima, o segurando com o braço esquerdo e agarrando a sua roupa. O servente tentou se desvencilhar logo nas primeiras facadas e não conseguiu. O senhor M., além de agarrá-lo, ainda o empurrou na direção de um muro, fazendo com que ele ficasse preso entre dois obstáculos e sem parar de esfaqueá-lo. Na décima facada o servente já não mais resistia ou tentava se desvencilhar, apenas gemia de dor a cada nova facada que o cortava. Na vigésima quinta facada, o senhor L. conseguiu avistar o senhor M. e sossegou o seu coração agitado, permanecendo imóvel até o momento em que o servente já sem forças, devido à perda de sangue, dobrou as pernas e foi deslizando pela parede, enquanto o senhor M. ainda o segurava pela camisa e continuava desferindo golpes cada vez mais lentos e com menos força na altura dos seus ombros e peito. Quando não pôde mais sustentar o servente pelo braço e golpeá-lo ao mesmo tempo, o senhor M. parou de esfaqueá-lo e o deixou cair no chão.

O senhor L. se aproximou lentamente e logo viu o sangue que escorria pela calçada em direção à sarjeta. Uma névoa passou rápida e veloz quando ele parou de andar. O senhor M. ainda estava de costas, respirando com dificuldade e aparentando cansaço. O servente pareceu emitir o seu último suspiro exatamente quando o senhor M. se virou e viu que o senhor L. estava atrás dele, observando a mancha de sangue finalmente alcançar a sarjeta. O sino da igreja próxima parou de soar.

– Olá, meu caro senhor L.! Peço desculpas por não ter chamado o senhor no momento em que comecei a correr atrás da vítima. Você parecia maravilhado com os fogos de artifícios. Não queria retirar-lhe esse prazer.

– Não precisa se desculpar, meu amigo. Ele já morreu?

– Com certeza. O atingi mais de trinta vezes.

– Vamos levá-lo?

– Vamos. Você está cansado? Parece cansado.

– Não, não estou cansado. Apenas com um pouco de sono.

– Eu pego as pernas e você os braços, certo?

– Certo.

Ambos se agacharam e começaram a carregar o homem. Atravessaram as três ruas sem dificuldade, parando apenas uma vez quando o farol de um carro distante iluminou uma esquina no momento que passavam, fazendo com que o senhor L. se assustasse. Passaram pela frente do restaurante e chegaram ao rio. Os fogos de artifício haviam cessado e não havia nenhuma estrela ou sinal da lua no céu. Colocaram o corpo no chão, perto da murada e olharam para os lados. Em ambas as margens não havia ninguém e nenhum sinal de qualquer veículo. As névoas haviam sumido e as pontes de ferro brilhavam devido ao sereno e à iluminação dos postes. A água do rio parecia ter aumentado e pequenas ondas formavam espumas alvas ao bater nas margens.

– Vamos contar ou jogar direto? Perguntou o senhor L.

– Estava pensando em jogar mais pela esquerda, em cima da primeira ponte que atravessamos. O que você acha?

– Não sei... por que jogar da primeira ponte? Tem alguma coisa a ver com a altura e o fluxo do rio?

– Não, não tem nada haver com isso. Simplesmente podemos ver por mais tempo o corpo caindo e a forma como ele irá flutuar na água enquanto é levado pela correnteza.

– Você que sabe.

– Vamos, então. Agora você pega os braços e eu pego as pernas.

Carregaram o corpo e chegaram até a metade da ponte, bem sobre a metade do rio. As águas estavam mais negras e mais volumosas que há seis horas antes. Ergueram o servente, que não era muito pesado e nem muito leve, e o jogaram. O seu corpo deu duas voltas no ar e caiu de cabeça na água. Sumiu por cerca de cinco segundos. Apareceu depois, mais próximo da margem esquerda, girando e com as costas para cima. Ficou por um tempo preso na margem, quase totalmente coberto pelas espumas, mas depois se soltou e avançou para a outra margem, cruzando todo o rio enquanto continuava girando com as costas viradas para cima, sendo levado lentamente pela correnteza. Ficou preso novamente na outra margem por alguns segundos e depois foi levado, agora com mais força e girando mais rápido até não ser mais possível vê-lo quando passou por debaixo da segunda ponte e se perdeu na escuridão.

– Pensei que veria o rosto dele.

– Eu também. Bom, pelo menos vi o seu rosto morrendo enquanto o esfaqueava. Uma bela visão, como sempre.

– Não vi o seu rosto em momento algum.

– O meu rosto?

– Não, meu caro, o rosto dele, da vítima.

– Mas como não viu o rosto dele se o carregamos juntos.

– Enquanto o carregávamos não deu para ver justamente por isso. Mas deixa pra lá.

– Agora é tarde.

– Eu sei.

Voltaram a andar e saíram da ponte. Avançaram pelas ruas rapidamente por cerca de duas horas. Quando avistavam fogos de artifícios, paravam para vê-los. O senhor M. pensou em partir direto para sua casa, mas resolveu seguir o amigo e deixá-lo em segurança.

– Bom, logo irá amanhecer. Estarei aqui em cinco horas para percorrermos a cidade e vermos as várias comemorações. Esse ano tem várias coisas novas.

– Como assim coisas novas?

– Dizem que a nossa rainha irá discursar.

– Por Deus, senhor M., todo ano a nossa rainha discursa.

– Mas esse ano ela estará mais bela, mais jovem e mais elegante do que no ano passado. Como você bem sabe, Deus sempre abençoa a nossa rainha.

– Hahahahahahaha...

– Por isso durma bem, meu amigo, e recomponha suas forças para estarmos com uma cara boa durante a festa do nosso país.

– Hahahahaha...

– Até daqui a pouco.

– Hahaha... até daqui a pouco, meu amigo, até daqui a pouco.

O senhor M. se despediu com um gesto de braço e o senhor L. o acompanhou com o olhar até que ele sumisse no momento em que passava a esquina. Depois de alguns segundos parados, o senhor L. entrou em casa.

Rápido adormecer

Senhor L.

E logo depois de fechar a porta de casa, o senhor L. se sentou no sofá da sala e continuou rindo, enquanto retirava os sapatos com alguns respingos de lama e sangue na sola e nos cadarços. Parou de rir e se recostou no sofá, alisando as pálpebras enquanto lembrava de tudo que havia pensado e passado até aquele momento. "O senhor M. está certo. Tudo é apenas bobagem e sublimação", pensou, enquanto olhava pelo vidro da janela os galhos de uma árvore balançando pelo vento, iluminados pela luz de um poste da calçada. "Amanhã será outro dia e a vida continuará, como sempre".

Levantou e caminhou até a cozinha. Pegou os exames amassados dentro do agasalho e começou a rasgá-los sem retirar do envelope. Jogou no lixo e ficou parado no escuro por alguns segundos, olhando para os papéis. Depois se virou e foi até o banheiro. Retirou as roupas, colocou o revólver sobre a bancada da pia e tomou banho. Saiu e caminhou até o quarto, onde se deitou e começou a dormir.

Depois de alguns minutos escutou um grito alto e forte, abafado pela distância. Acordou e abriu os olhos. As sombras dos galhos da mesma árvore que ele vira na sala oscilavam no teto do quarto. Ficou observando seus movimentos até sentir que suas pálpebras se fechavam e o sono retornava. Virou-se para o lado da parede. Voltou a adormecer, cobrindo antes o corpo com o lençol até o pescoço.

Senhor M.

Logo depois de passar pela esquina da rua onde vivia o senhor L., o senhor M. chegou em casa. Caminhou até o barraco nos fundos e deixou sobre a mesa a faca que havia usado para matar a vítima. Fechou o barraco, retornou e entrou em casa.

Jogou fora as roupas recobertas de sangue dentro de um saco plástico. Guardou apenas os sapatos, que ainda poderiam ser limpos. Tomou banho e se vestiu novamente com outras roupas, como se fosse sair novamente naquele mesmo instante, mas apenas se deitou no sofá. "Daqui a pouco irei sair novamente". Pensou, quando começou a cochilar.

Quando estava quase dormindo, escutou um grito alto e forte, mas abafado pela distância. Acordou e abriu os olhos. Pelas paredes havia manchas de umidade e elas pareciam maiores do que há duas semanas, quando ele se lembrou de tê-las visto pela última vez. As manchas pareciam formar um rosto ou um objeto. Estava perto de definir uma imagem concreta a partir delas quando sentiu as pálpebras pesando e fechou os olhos. Virou-se para o lado do encosto do sofá e começou a adormecer.

pólen bold 90 g/m2
tipologia adobe garamond pro
impresso na primavera de 2023